U0513831

历代笔记小说大观

杨文公谈苑
后山谈丛

[宋]杨亿 陈师道 撰 李裕民 李伟国 校点

图书在版编目(CIP)数据

杨文公谈苑 后山谈丛 /(宋)杨亿 陈师道撰；
李裕民 李伟国校点. —上海：上海古籍出版社，
2012.11(2023.8 重印)
（历代笔记小说大观）
ISBN 978-7-5325-6318-0

Ⅰ.①杨… ②后… Ⅱ.①杨… ②陈… ③李… ④李…
Ⅲ.①笔记小说-小说集-中国-宋代 Ⅳ.
①I242.1

中国版本图书馆 CIP 数据核字（2012）第 045015 号

历代笔记小说大观

杨文公谈苑 后山谈丛

[宋] 杨亿 陈师道 撰

李裕民 李伟国 校点

上海古籍出版社出版发行

（上海市闵行区号景路 159 弄 1-5 号 A 座 5F 邮政编码 201101）

(1) 网址：www.guji.com.cn

(2) E-mail：guji1@guji.com.cn

(3) 易文网网址：www.ewen.co

常熟文化印刷有限公司印刷

开本 635×965 1/16 印张 10.25 插页 2 字数 143,000
2012 年 11 月第 1 版 2023 年 8 月第 2 次印刷
印数：2,101—3,200
ISBN 978-7-5325-6318-0

I·2472 定价：25.00 元

如有质量问题，请与承印公司联系

总　目

杨文公谈苑

［宋］杨 亿 口述 黄 鉴 笔录

宋 庠 整理

李裕民 辑校

校 点 说 明

　　《杨文公谈苑》是由杨亿口述、黄鉴笔录、宋庠整理而成的一部笔记。杨亿（974—1020），字大年，建州浦城（今属福建）人。七岁能文，十一岁时，宋太宗亲试诗赋，下笔立就，即授秘书省正字。历官左正言、知制诰、工部侍郎、翰林学士兼史馆修撰、判馆事。《宋史》有传。他是宋初著名文学流派西昆诗派的领袖，且兼长史学，是《册府元龟》《太宗实录》的主要编纂者。笔录者黄鉴，字唐卿，是杨亿的同乡。举进士后，为国子监直讲，被杨亿延置门下。《宋史》有传。黄鉴将杨亿平日谈话记录下来，汇成一书，取名《南阳谈薮》，体类语录，并无一定的体例。后由宋庠作了删订，分为二十一门，改今名。宋庠（996—1066），初名郊，字伯祥，后改名庠，字公序，安州安陆（今属湖北）人。仁宗天圣二年（1024）进士，官至宰相。与弟宋祁，俱有文名。著作多佚，后人辑有《宋元宪集》。《宋史》有传。

　　杨亿才高学博，见多识广，因此《谈苑》所载内容包罗万象，以时间而论，宋初最多，依次为五代十国—唐；以地域而论，从京城到边远地区，并远及日本、交州、高丽诸国；就涉及的领域而论，以人事、诗文居多，旁及科学技术、宗教、艺术、典章制度、经济、民俗等，尤其收录了大量的宋人诗歌，所以无论是研究宋代历史还是宋代文学，都极具参考价值。

　　《杨文公谈苑》成书后，黄鉴笔录原本即湮没无闻。但是，《谈苑》至明末以后也散佚了。我在 1986 年时，曾据《说郛》、《宋朝事实类苑》、《事物纪原》、《政和本草》、《靖康缃素杂记》、《类说》、《能改斋漫录》、《诗话总龟》等书辑成此书,共得二百三十四条,七万余字。所辑各条,以出处较早、内容较全者为主,以其他各本对校。文字劣于主目者,不出校记,并依内容拟题。书后附各家著录及参考书目。交由上海古籍出版社出版。这次重版,依照《历代笔记小说大观》体例要求,文字择善而从,概不出校,原来的序号及附录,均予删去。不妥之处,请读者批评指正。

目　　录

杨文公谈苑序

　　故翰林杨文公大年在真宗朝掌内外制，有重名，为天下学者所伏，文辞之外，其博物殚见，又过人远甚。故当时与其游者，辄获异闻奇说，门生故人往往削牍藏弄以为谈助。江夏黄鉴唐卿者，文公之里人，有俊才，为公奖重，幼在外舍，逮乎成立，故唐卿所纂，比诸公为多，但杂抄广记，交错无次序，好事者相与名曰《谈薮》。余因而掇去重复，分为二十一目，勒成一十五卷，辄改题曰《杨公谈苑》。中书后阁宋庠序。《说郛》商务本卷二十一

杨文公谈苑

王 彦 超

太祖微时，尝游凤翔，王彦超遗十千遣之。后即位，悉征藩侯入觐，宴苑中，纵酒为乐。诸帅竞论畴昔功勋，惟彦超独言："久忝藩寄，无功能可纪，愿纳符节，入备宿卫。"上喜曰："前朝异世事安足论，彦超之言是也。"后从容语彦超曰："卿当日不留我，何也？"对曰："蹄涔之水，安可容神龙？万一留止，又岂有今日之事？帝王受命，非细事也。"上益喜，曰："当复遣卿还镇，一政以为报。"余诸帅悉归班。《说郛》商务本卷二十一

太宗作弈棋三势

太宗作弈棋三势，使内侍裴愈持以示馆阁学士，莫能晓者。其一曰独飞天鹅势，其二曰对面千里势，其三曰大海取明珠势，皆上所制。上亲指授，诸学士始能晓之，皆叹伏神妙。前后待诏等众对弈，多能覆局，为图藏于秘阁。《说郛》商务本卷二十一

徐铉改棋图之法

古棋图之法，以平上去入分四隅为记，交杂难辨。徐铉改为十九字，一天、二地、三才、四时、五行、六官、七斗、八方、九州、十日、十一冬、十二月、十三闰、十四雄、十五望、十六相、十七笙、十八松、十九客，以此易故图之法，甚为简便。《说郛》商务本卷二十一

禁教坊以夫子为戏

至道二年重阳，皇太子、诸王宴琼林苑，教坊以夫子为戏者，宾客李至言于东朝，曰："唐大和中，乐府以此为戏，文宗遽令止之，笞伶人，以惩其无礼。鲁哀公以儒为戏尚不可，况敢及先圣乎？"东朝惊叹，言于上而禁止之，此戏遂绝。同上

陶穀草祭文

陶穀，开运中为词臣，时北戎来侵晋，杨光远以青州叛，大将为节帅卒。少帝命草文以祭之，穀立具草以奏，曰："漠北有不宾之寇，山东起伐叛之师。云阵未收，将星先落。"少帝甚激赏。

钱若水草祝辞

钱若水为学士，一日，太宗自作祝辞，久而不成，令左右持诣翰院中，命即草之。若水对使者撰成，其首句云："上帝之休，虽眇躬是荷；下民之命，乃明神所司。"上喜曰："朕阁笔思之久矣，不能措辞。"尤激赏其才美。同上

敕　字

《千字文》题云："敕员外散骑侍郎周兴嗣次韵。"敕字乃梁字传写误尔，当时帝王命令尚未称敕。至唐显庆中始云："不经凤阁鸾台，不得称敕。"敕之名始定于此。同上

砌　台

砌台即今之擦台也。王侯家多作砌台，以为林观之景。唐张仲

素诗云："写望临香阁，登高下砌台。林间见青使，意上直钱来。"即知唐来有之。太祖朝大王都尉家，其子曰承裕，幼时其父戏补砌台使。同上

铜　牌　记

梁沙门宝志铜牌记，多谶未来事，云："有一真人在冀川，开口张弓在左边，子子孙孙万万年。"江南中主名其子曰弘冀，吴越钱镠诸子皆连弘字，期以应之，而宣祖讳正当之也。同上

麻　胡

冯晖为灵武节度使，其威名羌戎畏服，号"麻胡"，以其面有黥文也。

学　士　草　文

学士之职，所草文辞，名目浸广。拜免公王将相妃主曰制，赐恩宥曰赦书、曰德音，处分公事曰敕，榜文号令曰御札，赐五品以上曰诏，六品以下曰敕书，批群臣表奏曰批答。赐外国曰蕃书，道醮曰青词，释门曰斋文，教坊宴会曰白语，土木兴建曰上梁文，宣劳锡赐曰口宣。此外更有祝文、祭文、诸王布政、榜号、薄队、名赞、佛文、疏语，复有别受诏旨作铭、碑、墓志、乐章、奏议之属。此外文表歌颂应制之作。旧说，唐朝宫中，常于学士取眠儿歌，伪蜀学士作桃符，孟昶学士辛寅逊题桃符云："新年纳余庆，佳节号长春"是也。同上

白　氏　六　帖

人言白居易作《六帖》，以陶家瓶数千各题门目作七层架，列置斋中，命诸生采集其事类投瓶，倒取之，抄录成书，故其所记时代多无次序。

日本僧奝然朝衡

公言：雍熙初，日本僧奝然来朝，献其国《职员令》、《年代记》。奝然依录自云，姓藤原氏，为真连，国五品官也。奝然善笔札而不通华言，有所问，书以对之。国有《五经》及释氏经教，并得于中国。有《白居易集》七十卷。第管州六十八，土旷而人少，率长寿，多百余岁。国王一姓，相传六十四世。文武僚吏皆世官。予在史局阅所降禁书，有《日本年代记》一卷及奝然表启一卷，因得修其国史，传其详。奝然后归国，附商人船奉所贡方物为谢。案日本，倭之别种也。以国在日边，故以日本为名。或言恶倭之名不雅改之。盖通中国文字，故唐长安中遣其大臣真人来贡，皆读经史，善属文，后亦累有使至，多求文籍释典以归。开元中，有朝衡者，隶太学，应举，仕至补阙，求归国，授检校秘书监，放还。王维及当时名辈皆有诗序送别，后不果去，历官至右常侍、安南都督。吴越钱氏多因海舶通信，《天台智者教》五百余卷有录而多阙，贾人言日本有之，钱俶置书于其国王，奉黄金五百两，求写其本，尽得之，讫今天台教大布江左。《参天台五台山记》卷五

寂　　照

景德三年，予知银台通进司，有日本僧入贡，遂召问之。僧不通华言，善书札，命以牍对，云：“住天台山延历寺，寺僧三千人，身名寂照，号圆通大师。国王年二十五，大臣十六七人，郡寮百许人。每岁春秋二时集贡士，所试或赋或诗，及第者常三四十人。国中专奉神道，多祠庙，伊州有大神，或托三五岁童子降言祸福事。山州有贺茂明神，亦然。书有《史记》、《汉书》、《文选》、《五经》、《论语》、《孝经》、《尔雅》、《醉乡日月》、《御览》、《玉篇》、《蒋鲂歌》、《老子》、《列子》、《神仙传》、《朝野金载》、《白集六帖》、《初学记》。本国有《国史》、《秘府略》、《交观词林》、《混元录》等书。释氏论及疏钞传集之类多有，不可悉数。”寂照领徒七人，皆不通华言。国中多有王右军书。寂照颇得

其笔法。上召见，赐紫衣束帛，其徒皆赐以紫衣，复馆于上寺。寂照愿游天台山，诏令县道续食。三司使丁谓见寂照，甚悦之。谓，姑苏人，为言其山水可见，寂照心爱，因留止吴门寺，其徒不愿住者，遣数人归本国，以黑金水瓶寄谓，并诗曰："提携三五载，日用不曾离。晓井斟残月，春炉释夜渐。鄱银难免侈，莱石自成亏。此器坚还实，寄君应可知。"谓分月俸给之，寂照渐通此方言，持戒律精至，通内外学，三吴道俗以归向。寂照东游，予遗以印本《圆觉经》并诗送之。后寄书举予诗中两句云："身随客槎远，心学海鸥亲。"不可忘也，《圆觉》固目不暂舍云。后南海商人船自其国还，得国王弟与寂照书，称野人若愚，书末云："嗟乎！绝域殊方，云涛万里。昔日芝兰之志，如今胡越之身。非归云不报心怀，非便风不传音问，人生之限，何以过之？"云云，后题宽弘四年九月。又左大臣藤原道长书，略云："商客至，通书，谁谓宋远？用慰驰结。先巡礼天台，更攀五台之游，既果本愿，甚悦。怀土之心，如何再会。胡马独向北风，上人莫忘东日。"后题宽弘五年七月。又治部卿源从英书，略云："所谙《唐历》以后史籍，及他内外经书，未来本国者，因寄便风为望。商人重利，唯载轻货而来。上国之风绝而无闻，学者之恨在此一事。"末云："分手之后，相见无期，生为异乡之身，死会一佛之土。"书中报寂照俗家及坟墓事甚详悉。后题宽弘五年九月。凡三书，皆二王之迹，而野人若愚章草特妙，中土能书者亦鲜及。纸墨尤精。左大臣乃国之上相，治部九卿之列。同上

金　鸡　肆　赦

杜镐言金鸡肆赦，不知起于何代。《关东风俗传》曰："宋孝王问司马膺之后魏北齐赦日立金鸡事，膺之曰：'按《海中星占》云：天鸡星动为有赦，盖王者以天鸡为度。'"《隋书·刑法志》："北齐赦日，令武库设金鸡及鼓于阊阖门右，挝鼓千声。"宣赦建金鸡，或云起于西凉吕光，未知孰是。究其旨，盖西方主兑，兑为泽。鸡者巽神，巽主号令，故合二物，制其形，橛于长竿，使众睹之。《事物纪原》卷三

左 右 侍 禁

本朝太宗雍熙四年,增置左右侍禁。同上卷六

三 班 奉 职

宋朝建国之初,承旧制,有殿前承旨。雍熙四年,改为三班奉职。
同上

三 班 借 职

旧制有借职承旨,太宗雍熙中,改曰三班借职。自供奉至借职,
其员无数,亦汉三郎署比也。同上

通　　判

通判,太宗始置,即古监郡也。同上

禁 节 帅 贩 易

五代以来,节帅牧专多遣亲吏往诸道往来贩易,所过不收算,率
以致富,养马至千匹,仆厮至一千余人。国初,大功臣十数人犹袭旧
风,太祖患之,未革其弊。太平兴国初,遂下诏禁之,侯伯但给其俸及
盐酒商税课利分数钱,后又罢之,定岁给公用自三万贯及千贯,自此
藩镇量入为用,无复向之豪侈。太平兴国初,右拾遗李幹上言:诸道
藩镇所管支郡,多遣亲吏掌其市征,留滞商贾不便。诏邠、宁、泾、原、
渭、鄜、坊、延、丹、陕、虢、襄、均、房、复、邓、唐、澶、濮、宋、亳、郓、济、
曹、单、青、淄、兖、沂、贝、冀、滑、卫、镇、深、赵、定、祁等支郡,并直属
京师,不隶节镇。《职官分纪》卷三十九。《类苑》卷二十一节引此文。

本朝武人多能诗

本朝武人多能诗，若曹翰句有："曾经国难穿金甲，不为家贫卖宝刀。"刘吉父诗云："一箭不中鹄，五湖归钓鱼。"《临汉隐居诗话》

蛙 变 为 鹑

至道二年夏秋间，京师鬻鹑者，积于市门，皆以大车载而入，鹑才直二文。是时雨水绝，无蛙声，人有得于水次者，半为鹑，半为蛙。《列子·天瑞篇》曰："蛙变为鹑。"张湛注云："事见《墨子》。"斯不谬矣。又田鼠亦为鹑，盖物之变，非一揆也。《政和本草》卷十九

芋 萝 卜

江东居民，岁课种艺，初年种芋三十亩，计省米三十斛。次年种萝卜二十亩，计益米三十斛，可知萝卜消食也。《尔雅》葵，芦菔。郭璞注："菔为蒩，芦菔芜菁属，紫花大根，俗呼雹葵。"更始败，掖庭中宫女数百人幽闭殿门内，掘庭中芦菔根食之，今萝卜是也。《政和本草》卷二十七

菩 萨 石

嘉州峨眉山有菩萨石，人多采得之，色莹白。若太山狼牙石、上饶州水晶之类。日光射之，有五色，如佛顶圆光。《政和本草》卷十二、《类苑》卷六十一

倚 卓

咸平、景德中，主家造檀香倚卓一副。《靖康缃素杂记》卷三

王感化善诗

伶人王感化少聪敏，未尝执卷，而多识故实，口谐捷急，滑稽无穷。会中主引李建勋、严续二相游苑中，适见系牛于株枙上，令感化赋诗，应声曰："曾遭宁戚鞭敲角，几被田单火燎身。独向残阳嚼枯草，近来问喘更何人。"因以讥二相也。又，中主徙豫章，浔阳遇大风，中主不悦，命酒独酌。指北岸山问舟人，云皖公山，愈不怿。感化独前献诗曰："龙舟万里架长风，汉武浔阳事正同。珍重皖公山色好，影斜不落寿杯中。"中主大悦，赐束帛。《靖康缃素杂记》卷七

宋　捷

太平兴国四年，北戎寇边，车驾幸大名府。方渡河，有人持手版邀乘舆，前驱斥之，号呼通旁，自言献封事。太宗令接取视之，乃临河主簿宋捷，上甚喜，即以为将作监丞。《靖康缃素杂记》卷九

重　戴

重戴者，大裁帽也。本野夫岩叟之服，以皂为之。后魏孝文帝自云中迁代，以赐百寮。五代以来，惟御史服之。淳化初，宰相、学士、御史台，比省官、尚书两省五品以上，皆令服之。《石林燕语辨》卷三

永　昌　陵

太祖生洛阳夹马营，乐其风土，国初营缮宫室，有迁都之志。九年四幸郊祀，而宫殿宿卫多不安处，或见怪异，遂东归。叹曰："我生不得居此，死当葬于此。"登阙发鸣镝，指其所曰："后当葬此。"永昌陵即其地也。《类说》

冯 道 使 虏

晋天福中，奏宝策戎衣之号，辅相中当一人为使，赵莹、桑维翰、文崧咸惧，将命冯道，索纸书云："道去。"遣人语妻子，不复归家。不数日，北行，虏主以道有重名，留之，赐牛头牙笏为殊礼，道作诗曰："牛头遍得赐，象笏更容持。"道凡得赐，悉市薪炭，云："北地苦寒，老年所不堪，当为之备。"戎人颇感其意，乃遣归。道三上表乞留，固遣始去，更住月余。既行，所至留驻，凡两月，出境即驰归。左右曰："得生还，恨无羽翼，公独宿留，何也？"道曰："戎人多诈，总急还，以彼筋脚，一夕即追及，亦何可脱？但徐缓，即不能测矣。"道归作诗云："去年今日奉皇华，只为朝廷不为家。殿上一杯天子泣，门前双节国人嗟。龙荒冬住时时雪，兔苑春归处处花。上下一行如骨肉，几人身死掩风沙。"道在虏中有诗云："朝披四袄专藏手，夜盖三衾怯露头。"其苦寒如此。同上

卧榻侧他人鼾睡

开宝中，王师围金陵，李后主遣徐铉入朝，对于便殿，恳述江南事大之礼甚恭，徒以被病未任朝谒，非敢拒诏。太祖曰："不须多言，江南有何罪？但天下一家，卧榻之侧，岂可许他人鼾睡？"铉复命。未几，城陷，随后主归朝。铉性质直，见士大夫寒日多被褐，曰："中朝自五胡猾乱，其风未改，荷毡被毳，实烦有徒。"一日，见其婿亦被毛裘，责曰："吴郎上流，安得效此？"淑曰："晨兴苦寒，朝中服者甚众。"铉曰："士君子有操者亦未尝服。"盖自谓也。同上

吴绫汗衫写诏

唐末，有朱书御札征兵方镇，盖危难中以此示信。昭宗以吴绫汗衫写诏，间道与钱镠，告以国难。同上

獭 祭 鱼

旧说李商隐为文，多检阅书册，鳞次堆积，时号獭祭鱼。_{同上}

题 翠 微 诗

翠微寺在骊山绝顶，旧离宫也，唐太宗避暑于此。后有人题诗云："翠微寺本翠微宫，楼阁亭台几十重。天子不来僧又去，樵夫时倒一枝松。"_{同上}

辜 负 口 眼

谚曰："不到长安辜负眼，不到两浙辜负口。"_{同上}

太 平 兴 国

太宗改元太平兴国，识者谓太平字一人六十也，太宗寿六十九，中间岁内改元，亦叶其数。_{同上}

灵 棋 经

《灵棋经》乃黄石公法，南齐江谧尝以棋占，得金益玉杯之卦。《唐·经籍志》五行部有《十三灵棋经》十一卷，盖所传旧矣。凡一字再卜，卒不验。_{同上}

脐 裂

殿中丞王全嗜酒，忽脐裂有声，以盎承之，得清酒斗余而卒。_{同上}

周世宗作诗

周世宗尝作诗以示学士窦俨，曰："此可宣布否？"俨曰："诗，专门之学。若励精叩练，有妨几务；苟切磋未至，又不尽善。"世宗解其意，遂不作诗。同上

地 狱 受 苦

人或疑释经所述地狱受苦之期太长，公曰："律文有流三千里，地甚远；徒三年，日甚长。造罪之初，止一念顷耳。"同上

不 欺 神 明

江南处士朱真曰："世云不欺神明，但不欺心，即不欺神明也。"同上

三 多

学者当取三多：看读多、持论多、著述多。三多之中，持论为难。同上。《锦绣万花谷》前集卷二十节引

比 试 制 诰

张去华任拾遗，上言："今制诰张淡不才，愿得比试。"诏令中书引试，淡果不胜，去华迁补阙，淡罢知制诰。去华负时名，虽胜，遂为清议所鄙，而淡亦当引退，岂宜与新进士争锋？其亦失也。《类说》

两 制 作 诗 赋

晋开运中，诏两制各作诗赋一篇，付礼部，为考试之目。李怿独

曰：“怿识字有数，因人成事，使令衣白袍入贡部，下第必矣，胡能作文章，为世楷模？”终不肯作。同上

五禽以客名

李昉为诗慕白居易，园林畜五禽，皆以客名，白鹇曰佳客，鹭鹚曰白雪客，鹤曰仙客，孔雀曰南客，鹦鹉曰陇客。又慕居易七老之会，得宋琪等八人，为九老会。同上

笔 法 五 事

钱邓州若水尝言：古之善书鲜有得笔法者，唐陆希声得之，凡五字㩒押钩格抵，仍用笔双钩，则点画遒劲而尽妙，谓之拨镫法。希声言：自斯翁及二王以至阳冰皆传此法，希声以授沙门瞢光，瞢光入长安为翰林供奉。今待诏尹熙古亦得之，而所书为一时之绝。查道始篆，患其体势柔弱，熙古教以此法，仍双钩用笔，经半年，始习熟而篆体劲直甚佳。刁衍言江南后主得此法，书绝劲，复增二字，曰导送。《新安志》卷十

筑 太 一 宫

太平兴国中，方士楚芝兰上言：“按《太一经》五福太一为天九贵神，凡行五宫，四十五年一徙，今当入吴分，五福所至，民获其祐，宜筑宫于苏州。”太宗从之。宫成，芝兰又言：“祠太一于吴，但福及吴民，可徙筑京城南三十里苏村。”遂改筑新宫，凡十殿曰君棋太一、臣棋太一、民棋太一、九气太一、大游太一、小游太一、十神太一、天太一、地太一，并五福为十八。《类说》

洛阳宫阙似兜率天宫

西晋时有胡僧至洛阳，见宫阙，叹曰：“此正是兜率天宫，但生人

之力营构,非道力所成耳。"将终,与徒众别曰:"山河天下皆变灭,而况人身,何得长久! 但能专心清净,屏除三毒,形数虽乖,其会必同。"
同上

毁铜佛铸钱

周世宗毁铜佛像铸钱,曰:"佛教以为头目髓脑有利于众生,尚无所惜,宁复以铜像为爱乎?"镇州大悲铜像甚有灵应,击毁之际,以斧镬自胸镜破之,后世宗北征,病疽发胸间,咸谓报应。同上

谒金门词

江南成幼文为大理卿,好为歌词,尝作《谒金门》曲,有"风乍起,吹皱一池春水"之句,后因奏牍稽滞,中主曰:"卿试与行一池春水,又何缺于卿哉!"同上

葑　田

两浙有葑田,盖湖上有葑蒤所相缪结,积久,厚至尺余,润沃可殖蔬种稻,或割而卖与人。有任浙中官,方视事,民诉失蔬圃,读其状甚骇,乃葑园为人所窃,以小舟撑引而去。《能改斋漫录》卷十四

杨 玢 诗

杨玢靖夫,虞卿之曾孙也。仕伪蜀王建,至显官,随王衍归后唐,以老,得工部尚书,致仕,归长安。旧居多为邻里侵占,子弟欲诣府诉其事,以状白玢,玢批纸尾云:"四邻侵我我从伊,毕竟须思未有时。试上含元殿基望,秋风禾黍正离离。"子弟不复敢言。《诗话总龟》卷一

王彦威粗官诗

长安旧以不历台省使出镇廉车节镇者为粗官，大率重内而轻外，今东都乾元门旧宣武军鼓角门，节度王彦威有诗刻其上云："天兵十万勇如貔，正是酬恩报国时。汴水波涛喧鼓角，隋堤杨柳拂旌旗。前驱红旆关西将，坐间青娥赵国姬。寄语长安旧冠盖，粗官到底是男儿。"彦威自太常博士出辟使府，至兹镇，故有是句，至今不知所在。薛能亦有《谢寄茶》诗，云："粗官寄与真抛掷，赖有诗情合得尝。"《诗话总龟》卷三

卢延让诗浅近自成一体

卢延让诗浅近，人多笑之，惟吴融独重其作，盛称于时，且云：此公不寻常，后必垂名。延让诗至今传之，亦有绝好者。《宿东林》云："两三条霓欲为雨，七八个星犹在天。"《旅舍言怀》云："名纸毛生五门下，家僮骨立六街中。"《赠玄上人》云："高僧解语牙无水，老鹤能飞骨有风。"《蜀路》云："云间闻驿骡驮去，雪里残骸虎拽来。"《怀江上》云："饿猫临鼠穴，馋犬舐鱼砧。"《八月十六夜》云："只讹些子缘，应耗没多光。"《寄人》云："吟成一个字，拈断数茎髭。"又云："树上谘诹批颊鸟，窗间壁驳叩头虫。"余在翰林尝召对，上举延让诗云："臂鹰健卒悬毡帽，骑马佳人卷画衫。"虽浅近亦自成一体。《诗话总龟》卷八

思　贾　谊　诗

钱邓师尝举思贾谊两句云："可怜半夜虚前席，不问苍生问鬼神。"后人何可及。《诗话总龟》卷十二

杜　牧　诗

牧之《寄人》云："世味嫌为枳，时光怨落冥。"《闲居》云："歌怀饭

牛起，书愤抱麟成。"《蝉》云："二子自不食，三闾何独清。"《登楼》云：
"远水净林色，微云生夕阳。"《尘》云："已伤花榻满，休炉画屏飞。"_{同上}

刘经野韭诗

　　刘经为虏政事舍人，来奉使，路中有野韭可食，味绝佳，作诗云：
"野韭长犹嫩，沙泉浅更清。"《诗话总龟》卷十七

畲　　田

　　江南人多畲田，先炵炉。_{炵音恺。}纵火燎草也；炉，火烧山界也。
俟经雨乃下种，历三岁，土脉竭，不可复种艺，但生草木，复炵傍山。
宋西阳王子尚所部鄳县有嘭田_{音嘹留，畲田也。}子尚言：山湖之俗，炵山
封水泽，山须炵炉后种。刘禹锡谪连州，作《畲田诗》云："团团缦山
腹，钻龟得雨卦，上山烧卧木。"又云："下种暖灰中，乘阳拆牙蘖。苍
苍一雨后，茗颖如云发。"白乐天《子规歌》云："畲田有粟何不啄？石
楠有枝何不栖？"畲，_{音羊诸反。}《尔雅》云："一岁曰菑，二岁曰新，三岁
曰畲。"《易》曰不菑畲。"皆同音，凡三岁而不可复种，盖取畲之义也。
《诗话总龟》卷二十七

江东士人深于学问

　　淮南张佖知举进士，试"天鸡弄和风"，佖但以《文选》中诗句为
题，未尝详究也。有进士白试官云："《尔雅》：鶾，天鸡；翰，天鸡。天
鸡有二，未知孰是？"佖大惊不能对，亟取《尔雅》，检《释虫》有"鶾，天
鸡，小虫，黑身赤头，一名莎鸡，一名樗鸡"。《释鸟》有"翰，天鸡，赤
羽，《逸周书》曰：文鶾若彩鸡，成王时蜀人献之"。江东士人深于学
问有如此者。_{同上}

灭 蜀 之 兆

伪蜀每岁除日，诸宫门各给桃符，书"元亨利贞"四字，时昶子善书札，取本宫策勋府书云："天垂余庆，地接长春。"乾德中伐蜀，明年，蜀除，二月，以兵部侍郎吕余庆知军府事，以策勋府为治所，太祖圣节号长春，此天垂地接之兆也。同上

乐人王感化善诗

江南李氏乐人王感化，建州人，隶光山乐籍，建州平，入金陵教坊。少聪敏，未曾执卷而多识，善为词，口谐捷急，滑稽无穷，时本乡节帅更代饯别，感化前献诗曰："旌旆赴天台，溪山晓色开。万家悲更喜，迎佛送如来。"至金陵宴，苑中有白野鹊，李景令赋诗，应声曰："碧岩深洞恣游遨，天与芦花作羽毛。要识此来栖宿处，上林琼树一枝高。"又题怪石九八句，皆用故事，但记其一联云："草中误认将军虎，山上曾为道士羊。"《诗话总龟》卷四十六

余恕赞义山徐铉诗文

余知制诰日，与余恕同考试。恕曰："夙昔师范徐骑省为文，骑省其有《徐孺子亭记》，其警句云：'平湖千亩，凝碧乎其下；西山万叠，倒影乎其中。'他皆常语。近得舍人所作《涵虚阁记》，终篇皆奇语，自渡江来，未尝见此，信一代之雄文也。"其相推如此。因出义山诗共读，酷爱一绝云："珠箔轻明拂玉墀，披香新殿斗腰支。不须看尽鱼龙戏，终遣君王怒偃师。"击节称叹曰："古人措辞寓意，如此深妙，令人感慨不已。"《诗话总龟》后集卷五

太祖御将恩威并济

王全斌代蜀之岁,是时大寒,太祖著帽絮被裘,御讲武殿毡帐曰:"此中寒尚不能御,况伐蜀将士乎?"即脱所服裘帽,遣使持赐全斌。其伐江南也,曹彬、李汉琼、田钦祚入辞,以匣剑授彬曰:"副将而下,不用命,斩之。"汉琼等皆股栗畏慑,此所以见御将之恩威,皆出于一。
《类苑》卷一

太祖服用俭素

太祖服用俭素,退朝常衣绨袴麻鞋,寝殿门悬青布缘帘,殿中设青布缦。同上

太祖不许公主服翠襦

魏咸信言,故魏国长公主在太祖朝,尝以贴绣铺翠襦入宫中,太祖见之,谓主曰:"汝当以此与我,自今勿复为此饰。"主笑曰:"此所用翠羽几何?"太祖曰:"不然,主家服此,宫闱戚里皆相效,京城翠羽价高,小民逐利,展转贩易,伤生寝广,实汝之由。汝生长富贵,当念惜福,岂可造此恶业之端?"主惭谢。主因侍坐,与孝章皇后同言曰:"官家作天子日久,岂不能用黄金装肩舆,乘以出入?"太祖笑曰:"我以四海之富,宫殿悉以金银为饰,力亦可办,但念我为天下守财耳,岂可妄用?古称以一人治天下,不以天下奉一人。苟以自奉养为意,使天下之人何仰哉?当勿复言。"同上

太祖杵碎孟昶宝器

太祖平蜀,得孟昶七宝装溺器,掷之于地,令杵碎之,曰:"汝以何器贮食?似此,不亡何待?"同上

太祖祷雨霁

宋白言,开宝九年,雩祀西洛,阴雨逾月,斋宿之旦,尚未霁,太祖遣中使祷无畏三藏塔,与之誓言,傥不止,即毁其浮图。又俾近臣赍三木与岳神宿,斋日雨不止,当施桎梏于汝。至太极殿宿斋,辰巳间雨霁,洛阳令督役夫辈除道上泥,布乾土。及郊祀还,御明德门赐赦,观卫士归营,车驾还宫,雨复作。无畏,胡僧,唐开元中至长安,玄宗甚礼重之,每祈雨辄应,事具李德裕《次柳氏旧闻》及李华碑。同上

江南后主遗银五万两

开宝中,赵普犹秉政,江南后主以银五万两遗普,普白太祖,太祖曰:"此不可不受,但以书答谢,少赂其来使可也。"普叩头辞让,上曰:"大国之体,不可自为寝弱,当使之勿测。"既而后主遣其弟从善入贡,常赐外,密赍白金如遗普之数,江南君臣始震骇,服上之伟度。《类苑》卷一、《类说》卷五十三、《五朝名臣言录》卷一

太祖遣周广使吴越

周广者,开宝中为内外马步军都头,亲近,好言外事。一日白太祖曰:"朝廷遣使吴越,钱俶南面坐,傍设使者位。俶虽贵极人臣,况尊无二上,而奉命者不能正其名,此大辱国。"太祖曰:"汝颇能折之否?"广曰:"臣请行。"俶生辰,即遣广为使,俶犹袭故态,广曰:"比肩事主,不敢就席。"俶遂移床西向,正宾主之礼。复命,广气甚骄,将希宠赏。太祖曰:"汝盖倚朝廷威势,不然者,俶何有于汝哉?"广大惭,其御下之英略如此。《类苑》卷一

刘铱不敢饮御赐酒

刘铱性绝巧，自结真珠鞍勒，为戏龙之状，献太祖，太祖以示尚方工，皆骇伏，偿以钱三百索。上谓左右曰："移此心以勤民政，不亦善乎？"铱在国中，多置鸩以毒臣下。太祖幸讲武池，从官未集，铱先至，诏赐卮酒，铱心疑之，捧杯泣曰："臣承父祖基业，违拒朝廷，烦王师致讨，罪在不赦。陛下既待臣以不死，愿为大梁布衣，观太平之盛，未敢饮此酒。"太祖笑谓之曰："朕推赤心于人腹中，安有此事？"即取铱酒自饮，别酌以赐铱，铱惭谢。同上

太祖善御豪杰

太祖善御豪杰，得人之死力。居常多幸讲武池，临流观习水战，因谓左右曰："人皆言忘身为国，然死者人之所难，言之易耳。"时禁卫将帅军厢主皆侍侧，有天武厢主李进卿前对曰："如臣者，令死即死耳。"遂跃入池中，上急令水工数十人救之，得免，几于委顿。左右内侍数十人，皆善武艺，伉健，人敌数夫，骑上下山如飞，其慰抚养育，无所不至，然未尝假其威权。泗州槛生虎来献，上令以全羊臂与之，虎得全肉，决裂而食，气甚猛悍，欲观之也。俄口呿不合，视之，有骨横鲠喉中，上目左右，内侍李承训即引手探取，无所伤。尝因御五凤楼，有风禽胃东南角楼鸥尾上，上顾左右曰："有能取之否？"一内侍，失其姓名，摄衣攀屋桷以登缘，历危险，取之以献，观者胆落，盖试其趫捷也。同上

太祖善训戎旅

太祖始自总戎，为士众畏服，及践祚，善训戎旅，隶兵籍者多以配雄武军。自此或习试武艺，或角力斗殴，以较胜负，渐增俸缗，迁隶上军。十月后，骑兵皆侵晨出城习马，至暮归饲马，不令饱，虽苦寒，马

常汗洽，耐辛苦，不甚肥盛。初议取蜀，有天武军主武超曰："西川除在天上不可到，若舟车足迹可至，必取之耳。"士皆贾勇思奋，平蜀止六十日，用精兵才七千人。居常卫士直庐中，咸给以棋枰，令对弈为乐，曰："此徒端居终日，无他思虑，以此使之适情耳。"同上

太祖御下严峻

太祖平蜀，择其亲兵骁勇者百余人，补内殿直，别立班院，号川殿直。南郊赏给，比本班减五千，遂相率击登闻鼓诉其事，上大怒曰："朝廷给赐，自我而出，安有例哉？"尽捕连状者四十余人，斩于市，余悉配隶下军，遂废其班。一日，内酒坊火，悉以监官而下数十人弃市，诘得遗火卒，缚于火中，自是内司诸署，莫不整肃。同上

太宗署名祈雨

至道二年夏，大旱，遣中使分诣五岳祈雨，学士草祝，上自书名，随其方设香，再拜而遣之。王禹偁时在翰林，上言："五岳视三公，从前祝版御署，已逾礼典，固无君上亲书之理。"上署之纸尾云："昔成汤剪爪断发，祷桑林之社，尚无爱，矧为百姓请命，岂于笔札而有所惜哉？"《类苑》卷二

太宗不欲宦者预政

内侍王继恩平李顺之乱，中书议欲以为宣徽使，太宗曰："宣徽者，执政之阶也，朕览前籍多矣，皆不欲宦者预政，止可授以他职。"宰相等恳言，继恩有大功，今任昭宣使、河北团练使，非此拜不足以为贵。上不悦，因召翰林学士张洎、钱若水，议置宣政使之名，班在昭宣使之上，以授之，加领顺州防御使。同上

太宗不事畋游

登州海岸林中,常有鹘,自高丽一夕飞度海岸,未明至者绝俊,号曰"海东青"。淳化中,夏帅赵保忠得献上,上报曰:"朕久罢畋游,尽放鹰犬,无所事此,今却以赐卿,当领之也。"同上

三　　馆

史馆,贞观三年置,以宰相监修,复有修国史、史馆修撰、直馆之员。集贤院,自开元五年置丽正修书院于集仙殿,十三年改为集贤殿,以丽正书院为集贤书院,有学士、侍讲学士之名,后置大学士,以宰相领之,并有修撰、校理、直院之职。贞元中,增置校书、正字。梁氏都汴,贞明中,以今古长庆门东北小屋十数间为三馆,湫隘卑庳,周庐徼道在旁,卫士驺卒喧杂,每受诏有所撰述,徙它所以就之。太宗即位,因临幸周览,曰:"若此之陋,何以待天下贤俊耶?"即日诏有司,度左升龙门东北车府地为三馆,栋宇宏大,自举役,车驾再临视,劳赐工卒。又令作园囿,植卉木,引金水河以注焉。西序启便门通乾元殿,以俟行幸。三年春,新馆成,赐名崇文院。悉迁西馆书分布西廊,为昭文书库,南廊为集贤书库。西廊为经史子集,南廊为史馆书库。初平蜀得书一万三千卷,平江左又得二万卷,参以旧书,为八万卷,凡六库,皆周雕木架,青绫帕幂之。昭文馆、集贤殿大学士,监修国史,常以宰相兼领。此外有史馆修撰、直史馆、集贤院直学士、校理之名。淳化中,复置直昭文馆、直集贤院,亦有修国史、崇文院检讨、编修、祗候,皆无定员,不常置。同上

太宗读太平御览

太宗诏诸儒编故事一千卷,曰《太平总类》。文章一千卷,曰《文苑英华》。小说五百卷,曰《太平广记》。医方一千卷,曰《神医普救》。

《总类》成，帝日览三卷，一年而读周，赐名曰《太平御览》。同上

太宗赞日本颇有古道

太平兴国八年，日本国僧奝然至，言其国王传袭六十四世矣。文武僚吏，皆是世官。上顾宰臣等曰："此蛮夷耳，而嗣世长久，臣下亦世官，颇有古道。中国自唐季，海内分裂，五代世数尤促。又大臣子孙鲜能继述父祖基业。朕虽德不及往圣，然而孜孜求治，未尝敢自暇逸，深以畋游声色为戒。所冀上穹降鉴，亦为子孙长久计，使皇家运祚永久，而臣僚世袭禄位。卿等各思尽心辅朕，无使远夷独享斯美。"同上

太宗重内外制之任

太宗尤重内外制之任，每命一舍人，必咨询宰辅，求才实兼美者，先召与语，观其器识，然后授之。尝谓近臣曰："词臣之选，古今所重，朕尝闻人言，朝廷命一舍人，六姻相贺，谚以谓一佛出世，岂容易哉？郭贽，南府门人，朕初即位，以其乐在词笔，遂命掌诰，颇闻制书一出，人或哂之，亦其素无时望，不称厥任，朕亦为之靦颜，业已进用，亦终不令入翰苑。后因览《唐书》故事，见其多自卑位作学士者，遂令杜镐检阅录唐朝学士，不拘品秩，自校书正字畿尉至尚书，皆得为之。"会光禄丞尹少连上书，引马周遇太宗事，其词多捭阖，上异其才，召试何以措刑论，文理可观，即欲超擢，询及枢宰，无有知少连名者，虑不协时望，遂止。苏易简荐吴人浚仪尉周亨俊拔可任，因御试贡举人，遂令亨考校，临观与语，以察器局，俾易简索其文章，得《白花鹰赋》，以比张茂先《鹪鹩》之作，文彩亦可尚。上意其非大器也，语易简曰："且可令序迁京秩，更徐观之。"改光禄寺丞，月余，暴遇疾卒。上之衡鉴精审如此。同上

太宗论内患外忧

太宗尝谓侍臣曰：“国若无内患，必有外忧；若无外忧，必有内患。外忧不过边事，皆可预为之防。惟奸邪无状，若为内患，深可惧焉。”帝王当合用心于此。同上

太宗欲蠲租税不果

太宗初即位，幸左藏库，视其储积，语宰相曰：“此金帛如山，用何能尽？先皇居常焦心劳虑，以经费为念，何其过也！”薛居正等闻上言，皆喜。其后征晋阳，讨幽蓟，岁遣戍边，用度寖广，盐铁榷酤，关市矾茗之禁弥峻。太宗尝语近臣曰：“俟天下无事，当尽蠲百姓租税。”终以多故，不果。同上

太宗不许大臣具草

故钱侯若水言，至道中，尝知枢密，太宗尝召至玉华殿议边事，议既定，向敏中取纸笔将批之，上曰：“卿大臣，不当自作文。李揆在外否？”即召入，授其意，令具草之。揆，副承旨也。同上

太宗奖励循吏

太宗留心政事，淳化五年，自署一幅云：“勤公洁己，奉法除奸，惠爱临民，始可称良吏。本官有俸，并给见缗。”凡手札三十余通，命有司择京朝官之有课最者赐之。殿中丞李虚己以循良清白预其选，得知遂州，虚己作叙感诗以献，自陈祖母年八十余，喜闻其孙中循吏之目。上喜甚，批纸尾云：“吾真得良二千石矣。”赐钱五十万以遗祖母，翌日，对宰相言及之，云：“已与五十缗。”宰相曰：“前日所赐盖五百缗。”上曰：“此误也，不可以追改。”虚己父寅，举进士，年六十余，以母

老，求致仕，得著作佐郎，有词学，清苦。虚己亦纯学笃慎，家极贫，虽至尊之误笔，乃天之所赐，如郭巨得金、黄寻飞钱之比欤？然自是诏阁门，不得受群臣诗赋杂文之献，欲自荐者，授文于中书宰臣，第其臧否上之。同上

太宗以唐庄宗为鉴戒

太宗淳化五年《日历》载，上谓侍臣曰："听断天下事，直须耐烦，方尽臣下之情。昔庄宗可谓百战得中原之地，然而守文之道，可谓懵然矣。终日湛饮，听郑卫之声，与胡家乐合奏，自昏彻旦，谓之聒帐。半酣之后，置畎酒筹，沈醉射弓，至夜不已，招箭者但以物击其银器，声言中的。与俳优辈结十弟兄，每略与近臣商议事，必传语伶人，叙相见迟晚之由。纵兵出猎，涉旬不返，于优倡猥杂之中，复自矜写春秋，不知当时刑政如何也？"苏易简书于《时政》曰："上自潜跃以来，多详延故老，问以前代兴废之由，铭之于心，以为鉴戒。"上来数事，皆史传不载，秉笔之臣，以记录焉。同上

太宗以剑舞惧敌

太宗将讨太原，选军中骁勇趫捷者数百人，教以舞剑，皆能掷剑高丈余，袒裼跳跃，以身左右承之，妙绝无比，见者莫不震惧。会北戎使至，宴便殿，因令剑舞者数百人，科头露股，挥剑而入，跳掷承接，霜锋雪刃，飞舞满空，戎使惧形于色，淮海国王钱俶等惊惧不敢仰视。俶言于上曰："此《尚书》所谓'如熊如罴，如虎如貔'者也。"上甚悦，及亲征，每巡城督战，必令前导逞技，贼乘城望之，破胆。同上

太宗作上清宫

太宗诏作上清宫，谓左右曰："朕在藩时，太祖特钟友爱，赏赍不可胜纪，今悉贸易以作一宫，为百姓请福，不令费库物。"王沔曰："土

木之作，必有劳费，不免取百姓脂膏耳。"上嘿然。既营缮，命中人董役，役夫常不满三千人，三司率多移拨三五百人给它作。中人言于上，上曰："有司所须之人，皆要切，汝当自与计议圆融，勿令有妨。"既而数年功不就，言事者多指之，遂令罢役。岁余，内道场与道流言及之，上即令出南宫旧金银器数万两，鬻于市以给工钱，讫其役。宫成，常服一诣，焚香而已。同上

太宗以强弓示威

至道初，李继迁遣其大校张浦入贡。上御便殿，召卫士数百辈，习射御前，所挽弓皆一石五斗以上。先是，赐继迁一弓，皆一石六斗，继迁但以朝廷威示戎虏，谓非人力所能挽，至是，卫士皆引满平射，有余力。上问浦："戎人敢敌否？"浦曰："藩部弓弱矢短，但见此长大，固已逃遁，岂敢拒敌？"上悦，后以浦为郑州防御使，留京师。同上

修 河 桥

有司岁调竹索以修河桥，其数至广，太宗曰："渭川竹千亩，与千户侯等，自河渠之役岁调寝广，民间竹园率皆芜废，为之奈何？"吕端曰："苼苇亦可为索，后唐庄宗自扬留口渡河，为浮梁，用苇索。"上然之，分遣使臣诣河上刈苇为索，皆脆不可用，遂寝。当庄宗渡河，盖暂时济师也。同上

太 宗 善 书

太宗善飞白，其字大者方数尺，善书者皆伏其妙。又小草特工，语近臣曰："朕君临天下，亦何事笔砚？但心好之，不能舍耳。江东人多称能草书，累召诰之，殊未知向背，但填行塞白，装成卷帙而已。小草字学难究，飞白笔势难工，吾亦恐自此废绝矣。"以数十轴藏于秘府。同上

修太宗实录

咸平初,修《太宗实录》,命钱若水主其事。若水举给事中柴成务、起居舍人李宗谔、侍御史宗度洎予及职方员外郎吴淑。上指宗谔曰:"自太平兴国八年已后,昉皆在中书,日事史策,本凭直笔,傥子为父隐,何以传信于后代乎?"除宗谔不许,余悉可之。《类苑》卷三

编次太宗法书

太宗善草、隶、行、八分、篆、飞白六体,皆极其妙,而草书尤奇绝。今上悉赂求编次,凡三十余卷,以于阗玉水晶檀香为轴,青紫绫摽文绵缘,黄绡帕,金漆柜,作龙图阁于含元殿之西南隅以藏之。频召近臣观览称叹,上自作《太宗圣文神笔颂》,亲书刻碑,以美其事。碑阴列其部袟名题,以墨本赐近臣焉。同上

苏易简最被恩遇

苏易简为学士,最被恩遇。初与贾黄中、李沆同时上擢,黄中、沆参知政事,以易简为中书舍人,充承旨,并赐白金三千两,谕旨曰:"朕之待卿,非必执政而为重矣。"上作五七言诗各一首赐之,为真草行三体,刻于石。又飞白书"玉堂之署"四字以赐本院,今龛于堂南门之上。易简以御三体书石本,分遗秘书监李至及从祖修撰江陵公洎梁周翰,知制诰柴成务、吕祐之、钱若水、王旦,直秘阁潘慎修,翰林侍书王著,侍读吕文仲等凡十五人。及召至等宴于翰林,以观神笔之迹,上遣内司供拟坐客,各赋诗。宰相李昉等亦以诗贻易简,易简悉以奏御。上谓昉等曰:"易简以卿等诗来上,有以见儒墨之盛,而学士之光也,可别录一本进入。"以其本赐易简。《类苑》卷六

郭　进

郭进少以壮勇,依汉祖于太原,开国,历刺史、团练使。国初,迁洺州防御使,为西山巡检,以扞太原。进御军严而好杀,部下整肃,每帅师入晋境,无不克捷,太祖因遣戍西山,必语之曰:"汝辈当谨奉法,我犹赦汝,郭进杀汝矣。"尝择御龙官三十人隶麾下押阵,适与晋人战,多退却,进斩十余人。奏至,上方御便殿阅武,厉声曰:"御龙官千百人中始选择得一二,而郭进小违节度,遽杀之,试如此龙种健儿,亦不足供矣。"潜遣中使谕进曰:"恃其宿卫亲近,骄倨不禀令,戮之甚得宜矣。"进感泣,由是一军精勇无敌。上为治第,令厅堂悉用瓯瓦,有司言,亲王公主始得用此。上曰:"进事国尽忠,我待之岂不比吾子,有何不可哉?"太宗征太原,北戎自石岭关入援,进大破之,献俘行在,暴于城下,并人丧气,遂约降。进功高负气,监军田钦祚所为不法,进屡以语侵之,钦祚心衔,因诬以佗事,进不能甘,自缢死。太宗微知之,黜钦祚,终其身不复用。同上

窦偁面叱贾琰

窦偁为晋府宾佐,后至左谏议大夫、参知政事。僖起居郎,俨文甚高,皆有集在秘阁。偁亦有文,为晋府记室。贾琰为判官,每诸王宗室宴集,琰必怡声下气,动息褒赞,诡辞捷给,偁叱之曰:"贾氏子,何巧言令色之甚?独不惧于心邪!"太宗甚怒,白太祖,斥出为泾州节判。后即位,思之,召为枢密直学士,数月参政,中谢,语之曰:"汝知何以及此?"偁曰:"陛下以臣往年霸府遭逢所至耳。"上曰:"不然,以卿尝面折贾琰,故任卿左右,思闻直言耳。"同上

董　遵　诲

董遵诲父宗本,尝为随州将,太祖微时往依,宗本令与遵诲游。

常共臂鹰逐兔,小不如意,为遵诲所辱,太祖遂辞去,宗本固留,厚给遣之。即位之初,访求遵诲,遵诲欲自杀,其妻止之,曰:"等死,亦未晚耳。万乘之主,岂念旧恶? 将因祸致福,岂可测哉?"遵诲感其言,幅巾见于便殿,叩头请死。上笑曰:"汝昔日豪荡太过,我方将任汝事。"即命左右掖起,赐冠带,设食案,赐食上前。语及旧故欢笑,以为通远军使,专委一面之事,市租悉以给军用,不藉于有司。每岁赐予无数,幕府许自辟署,选精甲数千人,隶麾下,不复更代。隔岁以春夏令归,营省妻子。遵诲至,申严边候,镇抚蕃部,号令如一,戎族之强盛者,倚为腹心,有谋为寇者,必立以告,发所部袭之,剪灭无噍类。凡再出师,大克捷,党项诸羌,畏威慴息。养马数千匹,择其良以入贡,亲仆数百人,皆厚给衣食,日夕驰射畋猎,击鞠呼卢,饮食作鼓吹为乐。羌中动静,即时知之,朝廷不复西顾。岁时,其亲表押马来献,上必召问遵诲晨夕所为,击节大喜曰:"是能快活也。"多解服御衣物珠贝珍异以为赐,遵诲捧之,未尝不泣下。三数岁一来朝,赐食御前,笑语移晷,赐御膳羊,上樽酒,皆五百数,金帛累万,复遣去。终太祖朝,不易其任。末年,稍迁罗州刺史,有判官者,因朝廷访利害,上言通远军养兵,每岁转运使调发内地钱粟,劳费民力,本军关榷之人,自可市籴给用。上遣录判官所奏,下本军,及申约外,计凡岁调如故,不得窃议市租,徙判官于佗郡。遵诲感激流涕,左右皆泣。《类苑》卷七

李　沆

公尝言,李丞相沆重厚淳质,言无枝叶,善属文,识治体,好贤乐善,为丞相,有长者之誉。颇通释典,尤厌荣利,世务罕以婴心。其自奉甚薄,所居陋巷,厅事无重门,其偪下已甚,颓垣坏壁,沆不以屑虑。堂前药栏坏,妻戒守舍者勿令葺,以试沆。沆朝夕见之,经月,终不言。妻以语沆,沆笑谓其弟维曰:"岂可以此动吾一念哉?"家人劝治居第,未尝答。维与言,因语次及之,沆曰:"身食厚禄,时有横赐,计囊装亦可以治第。但念内典以此世界为缺陷,安得圆满如意,自求称足? 今市新宅,须一年缮完,人生朝暮不可保,又岂能久居? 巢林一

枝,聊自足耳,安事丰屋哉?"后遇疾,沐浴右胁而逝,时盛暑,停尸七日,室中无秽气,亦履行之报也。沆在相位,接宾客常寡言。马亮与沆同年生,又与维善,语维曰:"外议以大兄为无口匏。"维乘间尝达亮语,沆曰:"吾非不知也,然今之朝士,得升殿言事,上封论奏,了无壅蔽,多下有司,皆见之矣。若邦国大事,北有强虏,西有戎迁,日旰条议,所以备御之策,非不详究。荐绅中如李宗谔、赵安仁皆时之英秀,与之谈,犹不能启发吾意。自余通籍之子,坐起拜揖,尚周章失措。即席必自论功最,以希宠奖,此有何策而与之接语哉?苟屈意妄言,即世所谓笼罩,笼罩之事,仆病未能也。为我谢马君。"沆常言,居重位,实无补万分,唯中外所陈利害,一切报罢之,唯此少以报国尔。朝廷防制,纤悉备具,或徇所陈请施行一事,即所伤多矣。此盖陆象先"庸人扰之"之论也。

范质识大体

范质初作相,与冯道同堂,道最旧宿,意轻其新进,潜视所为。质初知印,当判事,语堂吏曰:"堂判之事,并施签表,得以视而书之,虑临文失误,贻天下笑。"道闻叹曰:"真识大体,吾不如也。"质后果为名相。《类苑》卷九

不信异端

李司空家,累世不置佛堂,不畜内典经文。王似宗家,不然楮锭,祀其先人酒炙而已。同上

窦仪不攻人之短

窦仪,开宝中为翰林学士,时赵普专政,帝患之,欲闻其过。一日召仪,语及普所为多不法,且誉仪早负才望之意。仪盛言普开国勋臣,公忠亮直,社稷之镇。帝不悦,仪归,言于诸弟,张酒引满,语其故

曰："我必不能作宰相，然亦不诣朱崖，吾门可保矣。"既而召学士卢多逊，尝有憾于普，又喜于进用，遂攻普之短，果罢相，出镇河阳。普之罢甚危，赖以勋旧脱祸。多逊遂参知政事，作相。太平兴国七年，普复入相，多逊有崖州之行，是其言之验也。仪弟俨、侃、偁、僖，并举进士，父禹钧，范阳人，为左谏议大夫致仕，诸子皆成名，士风家法，为一时之表。冯道赠禹钧诗云："燕山窦十郎，教子有义方。灵椿一株老，仙桂五枝芳。"人多传诵。仪至礼部尚书，俨至礼部侍郎，皆为翰林学士。侃左补阙。偁为晋府宾佐，后至左谏议大夫，参知政事。僖起居郎。俨文甚高，皆有集，在秘阁。偁亦有文，为晋府记室。《类苑》卷十一

潘　承　裕

潘承裕，建安人，有才识，名重于州里。王延政建国，欲以为相，承裕力谏其僭号，不受伪署，延政将杀之，虑失人心，囚于私第。江南平建州，甚礼重之，以为礼部侍郎，判福建道。凡一道之征租、狱刑、选举人物，皆取决焉。告老，以尚书致仕，归洪州西山。子慎修，亦为要官，台城危蹙，入都为置宴使，馆怀信驿，时后主弟从镒先入贡，亦留驿中。每王师克捷，外庭入贺，邸使督金帛之献，慎修独建议，以国将亡，而旅贺非礼，但奉方物，以待罪为名，斯可也。太祖大喜，谓使者有礼，立遣易供帐物，加赐牢醴，深叹重之。《类苑》卷十三

冯　起

冯起，父炳，有清节，任知杂卒。起官，儌舍圃田。时侍御史赵承嗣掌市征，炳历任宪府，承嗣以官联，素重之。屡往见起，知其赁庑，为出己俸百千市之，起固辞不受。未几，承嗣以奸赃败，弃市，由是名闻。于是苏易简在翰林，夜召语及此事，太宗因此知起名，后擢知制诰。同上

李　　至

李至为参知政事，今上初即位，朝士韩见素、彭绘、淳于雍等数人，连乞致仕，上颇讶之，谓宰相曰："搢绅中多求退迹，何也？"至对曰："退迹者几何人？躁进者盖甚众矣。"上默然。后或引疾者，皆遂其请，亦仁者之言也。《类苑》卷十五

更改礼记月令篇次序

《礼记·月令篇》，旧第四，郑玄注，孔颖达作疏，皆依此篇。自开元中，李林甫受诏，与学者重加增损，多所改易旧文，升其篇居第一，至今用之。李至任秘书监日，因召对，言其事。至道末，遂下馆阁议，胡旦草议状，取郑、李二家对驳之，凡数百言，攻林甫之失。兼云："贡举三礼，所试用孔疏，而文注乃用林甫，甚相矛盾，请复用郑玄为是。"宰相吕端不能决，报罢之。后至参政，亦不能厘正其事。同上

诸 监 炉 铸 钱

江南因唐旧制，饶州置永平监铸钱，岁六万贯。江南平，增为七万贯，常患铜少。张齐贤任转运使，求得江南旧承旨丁钊，尽知信、建等州各铜铅处，齐贤即调发丁夫采之。初年增十数倍，明年得铜铅八十五万斤，锡六十万斤，因杂为铅锡钱铸三十六万贯，以钊为殿前承旨，领三州铜山。先是永平监所铸钱，用开通元宝钱法，肉好周郭精好。至是杂用铅锡，兼失古制，数虽增而钱恶。其后信州铅山县出铜无箅，常十余万人采凿，无赖不逞之徒，萃于渊薮。官所市铜钱数千余万斤，大有余羡，而铜山所出益多，有司议减铜价，凿山者稍稍引去。饶州官市薪炭不能给鼓铸，分于池州置永宁监，建州置永丰监，并岁铸钱二十万贯，以铅山铜给之。既有所泄，价乃复旧，而工徒并集。杭州置保兴监，凡四监，岁铸百余万贯，为极盛矣。唐天宝之制，

绛、扬、润、宣、鄂、蔚、益、郴十州,共置九十九炉,铸钱一炉役丁匠三十人。每年六七月停,余十月作十一番。炉约用铜二万一千二百三十斤,白镴三千七百九十斤,黑锡五百四十斤,每炉铸钱三千三百贯,计一工日可铸钱三百余。国家之制,一工日千余,用铜铅镴之法亦异于古,其数虽倍,而钱稍恶,每系掷亦多缺。予在史局,因录唐制与今王丞相,后数月,有诏暑月诸监减半工,盖主上勤恤之至也。《类苑》卷二十一

榜刻仪制令四条

孔承恭为大理正,太平兴国中上言,仪制令云:"贱避贵,少避长,轻避重,去避来。"望令两京诸州于要害处刻榜以揭之,所以兴礼让而厚风俗。诏从之,处处衢肆刻榜,讫今多有焉。同上

江　翱

江翱,建安人,文蔚之兄子也。为汝州鲁山令,邑多旷土,连岁枯旱,艰食。翱自建安取旱稻一种,此稻耐旱,繁实可久蓄,宜高原,至今邑人多种之,岁岁足食。《类苑》卷二十三

赐　衣　服

国朝之制,文武官诸军校在京者,端午、十月旦、诞圣节,皆赐衣服。其在外者,赐中冬衣袄,遣使将之。旧制,在内者,中书、枢密、察院、节度使至刺史,诸军列校以上,学士、金吾、驸马,冬给袍有差。而学士给黄师子锦,品极下,淳化中,改给盘雕法锦,在晕锦之亚。凡袍锦之品四,曰天下乐晕锦,以给枢宰、亲王、皇族、观察使以上,侍卫步军都虞候以上,节度使。盘雕法锦,以给学士、中丞、三司使、观察使、厢主以上,军头团练使以上,皇族、将军以上,驸马都尉,旧宰相。翠毛细锦,以给防团刺史、军主军头领刺史者。黄师子,以给三司副使、知开封府、审刑、登闻、龙图直学士。旋栏锦之品十,曰天下乐晕,以

赐节度、观察使、邻部署者。次晕锦，以赐尚书以上及学士管军者。盘雕，以赐观察使、丞郎。翠毛，以赐阁门使以上、防团刺史管禁军者。倒仙牡丹，以赐刺史以上。方胜宜男，赐诸司使领郡以上。盘球云雁，赐诸司使。方胜练鹊，赐河北、河东、陕西转运使副。余军校，复有黄师子，宝照之品焉。《类苑》卷二十五。《岁时广记》卷三十七引首五句

赐　　带

腰带，凡金玉犀银之品，自枢宰、节度使赐二十五两金带，旧用荔枝、松花、倒仙三品。端拱中，诏作瑞草、地球、文路方圆胯带，副以金鱼，赐中书密院。其武臣有宣徽枢密使者，仍旧制。学士三司使、中丞观察使、管军四厢主而下，赐二十两金带。知制诰赐犀带涂金鱼，亦尝赐金饰牯犀，副以金鱼，非常例。凡面赐紫者，给犀带。赐绯者，涂银宝瓶带。其赐伎术官，虽紫绿，皆给银带。出使赐金束带，两数如其官秩，刺史而上受边寄者，辞日亦赐二十两金束带。其赴任者，出赐涂金银带。诸司使至崇班，出为边城钤辖者、都监者，亦赐金束带，十五两、十二两凡二等。唯驸马都尉初选尚，赐白玉带。自亲王皇族皆许通服工夫金带，雕玉、白玉、通犀、牯犀等带。《类苑》卷二十五

赐　鞍辔

鞍辔，除乘舆服，黄金、白玉、雕玉、玳瑁、真珠等鞍，垂六鞘辔，有三额，诸王或赐金鞍者得乘之。宰相、使相赐绣宝百花鞯，八十两闹装银裹衔镫。参政、副枢、宣徽、节度使、驸马，绣盘凤杂花鞯，七十两陷银衔镫。学士、中丞、三司使、观察使，麻皮锦鞯，五十两撒皇素衔镫。复有三十两决束鞍，以赐东宫官属。同上

宪　　衔

唐德宗幸奉天还京，应诸州郡衙吏并假宪衔，后至有郡王者，讫

今用之。同上

敕　书　楼

太祖朝令天下置敕书楼。同上

学士预曲宴承旨预肆赦

故事,便殿宴劳将帅,翰林学士预坐。开宝中,阁门使梁迥轻鄙儒士,启太祖以曲宴将相,安用此书生辈?遂罢之。淳化中,苏易简为参知政事,始引故事为请。诏自今后,当直学士与枢密直学士并预长春殿曲宴。又引元稹《承旨厅记》:"御楼肆赦,唯承旨得升丹凤楼之西南隅。"《类苑》卷二十六

驾亲临问臣僚

邢昺常被疾,请告,真宗亲临问,赐药一奁、银器千两、彩千匹。国朝故事,非宗戚将相,问疾临奠,帝不亲行,惟昺与郭贽以恩旧,特用此礼,儒者荣之。邢止问疾,郭上复临丧。《类苑》卷二十八

白　麻

翰林规制,自妃后、皇太子、亲王、公主、宰相、枢密、节度使并降制用白麻纸书,每行四字,不用印。进入后,降付正衙宣读,其麻即付中书门下。当日本院官告院取索绫纸,待诏写官告,只用麻词。官告所署,中书三司官宣奉行,并依告身体式,常用阁长一人衔位。《类苑》卷二十九

江 南 书 籍

雍熙中,太宗以板本九经尚多讹谬,俾学官重加刊校。史馆先有宋臧荣绪、梁岑之敬所校《左传》,诸儒引以为证。祭酒孔维上言,其书来自南朝,不可案据。章下有司,检讨杜镐引贞观四年敕:"以经籍讹舛,盖由五胡之乱天下,学士率多南迁,中国经术浸微之致也。今后并以六朝旧本为正。"持以诘维,维不能对。王师平金陵,得书十余万卷,分配三馆及学士舍人院,其书多雠校精当,编帙全具,与诸国书不类。《类苑》卷三十

乾 德 铸 印

乾德三年,重铸中书门下、枢密院、三司使印。先是,旧印缘五代旧文非工,至是得蜀铸印官祝温集,自言其祖思,唐礼部铸印官,世习缪篆,即《汉志》所谓屈曲缠绕以摹章者也。台省寺监及开封、兴元尹印,悉令温集改铸。《类苑》卷三十二

王 化 基

王化基言,任中丞日,鞫祖吉狱。吉知晋州,受赇事败。询其土豪王某者云:"吾小民,见州将贫乏,相醵率为一日之寿,岂知其犯法哉?"怅叹不已。化基诘其前后郡守,王某言,三十年已来,唯梁都官不受一钱,余无免者。乃梁勴也。勴,汉乾祐中司徒诩下进士及第,有文词,太祖欲令知制诰,为时宰所忌,遂止。化基言于太宗,时勴以老病不任吏事,特授华州行军司马,给郎中俸料。其子昭琏,亦举进士,得杭州从事。化基送以诗曰:"文章换柱双枝秀,清白传家两地贫。"人多传诵。《类苑》卷三十六

干越亭诗

公言，咸平初罢处州赴阙，道经饶州余干县，登干越亭，前瞰琵琶洲，后枕思禅寺，林麓森郁，千峰竞秀，真天下之绝境。古今留题者百余篇。张祐云："扁舟亭下驻烟波，十五年游重此过。洲觜露沙人渡浅，风梢藏行鸟啼多。层栏涨水痕犹在，古板题诗字已讹。况是高秋正圆月，可堪闻听异乡歌。"刘长卿云："天南愁望绝，亭下柳条新。落日独归鸟，孤舟何处人？生涯投越峤，世业陷胡尘。草色迷征路，莺声傍逐臣。秦台悲白首，楚渚怨青蘋。杳杳钟陵暮，悠悠鄱水春。独醒翻取笑，直道不容身。得罪风霜苦，全生天地仁。青山数行泪，沧海一穷鳞。流落机心尽，空怜鸥鸟亲。"二篇绝唱也。《类苑》卷三十七

雍熙以来文士诗

公言，自雍熙初归朝，迄今三十年，所闻文士多矣，其能诗者甚鲜。如侍读兵部，凤擅其名，而徐铉、梁周翰、黄夷简、范杲皆前辈。郑文宝、薛映、王禹偁、吴淑、刘师道、李宗谔、李建中、李维、姚铉、陈尧佐，悉当时侪流。后来之著声者，如路振、钱熙、丁谓、钱易、梅询、李拱、苏为、朱严、陈越、王曾、李堪、陈诂、吕夷简、宋绶、邵焕、晏殊、江任、焦宗古。布衣有钱塘林逋、缙云周启明。钱氏诸子有封守惟济、供奉官昭度。乡曲有今南郑殿丞兄故黎州家君，及高安簿觉宗人字牧之子。并有佳句，可以摘举，而钱惟演、刘筠特工于诗，其警策殆不可遽数。自兵部而下，公之所尝举，今略记之。兵部《春望》云："杳杳烟芜何处尽，摇摇风柳不胜垂。"《江行》云："新霜染枫叶，皓月借芦花。"《嘉阳川》云："青帝已教春不老，素娥何惜月长圆。"《元夜》云："云归万年树，月满九重城。"徐铉《游木兰亭》云："兰烟破浪城阴直，玉勒穿花苑树深。"《观习水战》云："千帆日助阴山势，万里风驰下濑声。"《病中》题云："向空咄咄频书字，举世滔滔莫问津。"《谪居》云："野日苍茫悲鹏舍，水风阴湿弊貂裘。"《陈秘监归泉州》云："三朝恩泽

冯唐老,万里江关贺监归。"《宿山寺》云:"落宿依楼角,归云拥殿廊。"
梁周翰《应制》云:"百花将尽牡丹拆,十雨初晴太液春。"黄夷简《题人
山居》云:"宿雨一番蔬甲拆,春山几焙茗旗香。"范杲《讲圣》云:"千里
版图来浙右,一声金鼓下河东。"郑文宝《春郊》云:"百草千花路,华风
细雨天。"《重经贬所》云:"过关已跃樗蒲马,误喘犹惊顾兔屏。"《洛
城》云:"星沈会节歌钟早,天半上阳烟树微。"《张灵州》云:"越绝晓残
蝴蝶梦,单于秋引画龙声。"《长安送别》云:"杜曲花光浓似酒,灞陵春
色老于人。"《送人归湘中》云:"满帆西日催行客,一夜东风落楚梅。"
《南行》云:"失意惯中迁客酒,多年不见侍臣花。"《凄灵》云:"旧井霜
封仙界橘,双溪晴落海边鸥。"《送人知韶州》云:"人辞碧落春风晚,花
老朱陵古渡头。"《永熙陵》云:"承露气清驹送日,觚稜人静鸟呼风。"
《边上》云:"髩间相似雪,峰外寂寒烟。"薛映《送人鄂州》云:"黄鹄晨
霞傍楼起,头陀秋草绕碑荒。"吴淑《送朱致政》云:"浴殿夜凉初阁笔,
渚宫岁晚得悬车。"刘师道《寄别》云:"南浦未伤春草碧,北山仍愧晓
猿惊。"《与张泌》云:"久师金马客,勍敌玉溪生。"《荷花》云:"有路期
奔月,无媒与嫁春。"《残花》云:"金谷路尘埋国艳,武陵溪水泛天馨。"
《寄陈龙图》云:"城瞻北斗天何远,梦断南柯日未沉。"《叹世》云:"野
马飞窗日,醯鸡舞瓮天。"《春雪》云:"青帝翠华沈物外,素娥媚影吊云
端。"又《雪》云:"三千世界银成色,十二楼台玉作层。"《湘中》云:"逝
波帝子魂何在?芳草王孙怨未归。"李宗谔《春郊》云:"一溪晚绿浮鹨
鹝,万树春红叫杜鹃。"《苏承旨》云:"金鸾后记人争写,玉署新牌帝自
书。"李建中《送人》云:"山程授馆闻鸿夜,水国还家欲雪天。"李维《渚
宫亭》云:"故宫芳草在,往事暮江流。"《朱致政》云:"清朝纳禄犹强
健,白首还乡正太平。"《和人赠马太保》云:"转昒回岩电,分须磔蝟
毛。"《寄洪湛》云:"谪去贾生身健否?秋来潘岳髩斑无?"姚铉《钱塘
郡》云:"疏钟天竺晓,一雁海门秋。"陈尧佐《潮州徵还》云:"君恩来万
里,客路出千山。"《送种放》云:"风樵若邪路,霜橘洞庭秋。"《送朱荆
南》云:"部吏百蛮通爵里,从兵千骑属鞬囊。"钱熙《送人金陵拜扫》
云:"鹤归已改新城郭,牛卧重寻旧墓田。"丁谓《和钱易》云:"珊瑚新
笔架,云母旧屏风。"《送章南安》云:"梅花过岭路,桃叶渡江舡。"《章

明州》云："泣珠泉客通关市，种玉仙翁寄版图。"《陈荆南》云："楚呼梦云铃阁密，郢人歌雪射堂开。"钱易《画景》云："双蜂上帘额，独鹊袅庭柯。"《芭蕉》云："绿章封奏缄初启，青凤求皇尾乍开。"梅询《阴陵》云："千重汉围合，一夜楚歌声。"李拱《春题村舍》云："犬眠花影地，牛牧雨声坡。"苏为《湖亭》云："春波无限绿，白鸟自由飞。"《刘端州》云："夜浪珠还浦，春泥象印踪。"朱严《赠徐常侍》云："寓直有谁同骑省？立班独自戴貂冠。"陈越《侍宴》云："十钟人既醉，九奏凤来仪。"《与刘从》云："谁哀城下酹？不废洛中吟。"《李秦州》云："拥路东方骑，悬腰左顾龟。"王曾《李驸马拜陵》云："人畏轩台久，春归雨泽多。"李堪《哭黎州家君》云："桐乡留语葬，丝路在生悲。"《周建州》云："海月随帆落，溪花绕驿流。"《送人》云："雷风有约春虬振，霜雪无情紫蕙枯。"《退居》云："雨密丝桐润，潮平钓石沈。"陈诂《闲居》云："笼鸡对窗语，三雀绕门飞。"吕夷简《早春》云："梅无驿使飘零尽，草怨王孙取次生。"《九日呈梅集仙》云："人归北阙知何日？菊映东篱似去年。"《寒食》云："人为子推初禁火，花愁青女再飞霜。"宋绶《送人知江陵》云："奇才剑客当前队，丽赋骚人托后军。"《送人洪州》云："江涵帝子翚飞阁，山际真君鹤驭天。"《周贤良》云："楚泽伤春悲鹈鴂，长安索米愧侏儒。"邵焕《送晏集贤南归》云："舡官风破浪，关吏鼓通晨。"晏殊《与张临川》云："篱边菊秀先生醉，桑下鸧娇稚子仕。"又云："东阳诗骨瘦，南浦别魂消。"《章明州》云："骚客江山知有助，秦源鸡犬更相闻。"《送人洪州》云："冲斗气沉龙已化，置刍人去榻犹悬。"江任《送人》云："珠盘临路泣，斗印入乡提。"焦宗古《送人游蜀》云："芳树高低啼蜀魄，朝云浓淡极巴天。"《赠周贤良》云："南阳客自称龙卧，东鲁人应叹凤衰。"林逋《湖山》云："片月通萝径，幽云在石床。"周启明《近臣疾愈》云："一丸童子药，五返使人车。"《皇甫提刑》云："鸥夷江上畬田稔，牛斗星边贯索空。"钱惟济《太一宫醮》云："庭下焚香连宿雾，林间鸣佩起栖鸾。"《从驾西巡》云："晓陌壶浆满，春风骑吹长。"《故王第》云："凤箫通碧落，星石辨灵源。"钱昭度《村居》云："黄蜂衔退海潮上，白蚁战酣山雨来。"《大寒》云："雨被北风须作雪，水愁东海亦成冰。"《金陵》云："西北高楼在，东南王气销。"《梅花》云："东北风吹大庾岭，西南日映小寒天。"《雁》云："三年别馆风吹入，万里长沙月照来。"《秋日华山》云："人间路到三峰尽，天下秋随一叶来。"又《郑殿丞》云："青鸟几传王母信，白鹅曾换右军书。"《将至京》云："近阙已瞻龙虎气，思乡犹望斗牛星。"家君《黎州赦至》云："山川百蛮国，雨露九天书。"《寄远》云："胡越自为迢递国，参商元是别离星。"《自遣》云："天上羲轮都易失，人间尧历自难逢。"《哭储屯田》云："部中军雨春无润，天上郎星夜殒光。"《感悟》云："顿缨狂走鹿，煦沫倦游鳞。"《心知》云："远别苦惊云聚散，相逢多倍月亏盈。"《自咏》云："刚肠欺竹叶，衰髯怯菱花。"《泪》云："一斑早寄湘川竹，万点空遗岘首碑。"《春昼》云："人归汉后黄金屋，燕在卢家白玉堂。"《寄人》云："世味嫌为枳，时光怨落蓂。"《闲居》云："歌怀饭牛起，书愤抱麟成。"《蝉》云："二子自不食，三闾何独清？"《登楼》云："远水净林色，微云生夕阳。"《咏尘》云："已伤花榻满，休妒画梁飞。"凡公之所举者甚多，值公病心烦，不喜人申问，今聊托其十之一二耳。同上

钱惟演刘筠警句

近年钱惟演、刘筠首变诗格，学者争慕之，得其标格者，蔚为嘉咏。二君丽句绝多，如惟演《奉使涂中》云："雪意未成云著地，秋声不断雁连天。"又云："客亭厌见名长短，村酒那能辨圣贤。"《送僧游楚》云："宿舍孤烟起，行衣梦雨凉。"《张并州》云："戈矛巡雾夕，钟鼓宴箫晨。"《章衢州》云："平槛晓波吴舫渡，绕城春树越禽飞。"《章南安》云："离人南浦多春草，越鸟栖枝有早梅。"《刘潭州》云："坐激鲜飚湘竹晚，树含凉雨越禽归。"《李太仆北使》云："汉帜随移帐，燕鸿伴解鞍。"《何袁州》云："疏钟静起军城晚，华表双高水国秋。"《陈江陵》云："深沈珠网通归梦，紫翠春山接去舟。"《太一宫》云："神庭古柏啼乌起，斋室虚帘宿雾通。"《送人》云："思满离堂酒，魂惊客舍乌。"《高泉州》云："东南一尉宵烽息，西北高楼晚望迷。"《章分宁》云："小雨郊原连苦雾，夕阳楼阁照丹枫。"《东封应制》云："羽毛襄野驾，宴喜鲁郊民。"《送予知处州》云："轻飚使车远，明月直庐空。"《张仆射判河阳》云：

"绣野桑麻连四水,黄堂歌吹拥千兵。"《孙永兴》云:"鱼尾故宫迷草树,龙鳞平隰自风烟。"《汉武》云:"立候东溟邀鹤驾,穷兵西极待龙媒。"《公子》云:"歌翻南国桃根曲,马过章台杏叶鞯。"《槿花》云:"欲作飞烟散,犹怜反照迟。"《荷花》云:"泪有鲛人见,魂须宋玉招。"《禁中鹤》云:"天渊风雨多秋思,辽海烟波失旧期。"《无题》云:"有时盘马看犹懒,尽日投壶笑未回。"又云:"春瘦已宽连理带,夜长谁有辟寒金?"《元夜》云:"千枝火树连金狄,万里霜轮上璧珰。"《马延州》云:"沃野桑麻涵细雨,严城鼓角送残阳。"刘筠《禁直》云:"雨势宫城阔,秋声禁树多。"《陕州从事》云:"角迥含商气,桥长断洛尘。"《周贤》云:"崎岖一乘传,憔悴五羊皮。"《章南郑》云:"渝舞气豪传汉俗,丙鱼味美敌吴乡。"《李太仆北使》云:"惟月卿曹重,占星使者贤。"《送僧》云:"卷衲城钟断,楮筇岳雨余。"《僧崇惠》云:"醉令难同社,仙鹅有换书。"《叶金华》云:"柔桑蔽野鸣雏雉,高柳含风变早蝉。"《刘潭州》云:"膝席久虚温树老,心旌无奈楚风长。"又云:"沙禽两两穿铃阁,江草依依接射堂。"《章九陇》云:"溪笺未破冰生砚,炉酒新烧雪满天。"又《周贤良》云:"春风乱莺啭,夕雾一鸿冥。"《张岭南》云:"山月愁犴子,风涛怒鳄鱼。"《西巡》云:"龙驾昌明御,天旗太一神。"《张婺州》云:"大野几星分婺女,清风万古感颜乌。"《章南安》云:"岭云夏变梅蒸早,越贾秋藏桂蠹多。"《西京首坐》,云:"荣河带绕中天阔,空乐星悬大士居。"《题雪》云:"刘伶醉席梅花地,海客仙槎粉树天。"《利州转运》云:"鸥䴔野芊难为尹,雪积众盐久置宫。"《章分宁》云:"鹤伴鸣琴听事晚,鸟惊调角武城秋。"《杨处州》云:"朱饰两辌巡属邑,月留双笔在中台。"《阁宿》云:"三让月临承露掌,九雏鸟绕守宫槐。"又云:"酒供砚滴濡毫冷,火守更筹沃漏长。"《云月》云:"已回邻面三年粉,又结寒丝几茧冰。"《汾阳道中》云:"鼓音记里绳阡远,舞节鸣銮玉步徐。"《杨洪州》云:"桃叶横波人共醉,剑光牛斗狱常空。"《李秦州》云:"右城独登温树密,前旌双抗岭云高。"《刘潭州》云:"洛田荒二顷,楚浪涨三篙。"《槿花》云:"吴宫何薄命?楚梦不终朝。"《宫词》云:"难销守宫血,易断舞鸾肠。"又云:"虹跨层台晚,萤飞下苑凉。"《夏日》云:"云容倏变千峰险,草色相沿百带长。"《新蝉》云:"翼薄乍舒宫女鬓,蜕轻全解羽人尸。"《公子》云:"行庖爨蜡雕胡熟,求埒铺金汗血骄。"《明皇》云:"黎园法部兼胡部,玉辇长亭更短亭。"《荷花》云:"湔裙无限水,鄣袂几多风。"《别墅》云:"云际寻橦伎,花间笑躄楼。"《无题》云:"荷心出水终无定,萝蔓从风莫自持。"又云:"藻井风高蛛坏纲,杏梁春暖燕争泥。"《咏梨》云:"先时樱熟烦羊酪,远信梅酸捐瓠犀。"《洞户》云:"密镶香云深处户,乱飘梨雪晚来天。"《赠希画》云:"吟余云散叶,话久尘遗毛。"《夕阳》云:"塞迥横烟紫,江清照叶丹。"《闺中》云:"笼禽思陇树,洞犬识秦人。"《柳絮》云:"平沙万里经春雪,广陌三条尽日风。"《属疾》云:"风帘鸥啸厨烟绝,月树乌惊药杵喧。"《灯夕》云:"金吾抱箭催壶水,玉宇来风满砌冀。"《禁中》云:"万年宫省树,五色帝家禽。"其警句绝多,此但所记者耳。同上

近 世 释 子 诗

公常言,近世释子多工诗,而楚僧惠崇、蜀僧希昼为杰出。其江南僧元净、梦真、浙右僧宝通、守恭、行肇、鉴微、简长、尚能、智仁、休复,蜀僧惟凤,皆有佳句。惠崇《赠裴太守》云:"行县山迎舸,论兵雪绕旗。"《高生山阁》云:"劝酒淮潮起,题诗楚月新。"《周建州》云:"镶城山月上,吹角海鸥惊。"《东林寺》云:"鸟归杉堕雪,僧定石沉云。"《光梵师》云:"梵容存古像,唐语入新经。"《明大师》云:"门掩前朝树,心悬别郡峰。"《送李堪》云:"秋声动群木,暮色起千山。"希昼《雁荡山》云:"长天来月正,危木度猿稀。"《答黄桂州》云:"来书逢岁阙,去梦历峰危。"《广南陈转运》云:"春生桂岭外,人在海门西。"《僧东归》云:"帆影先寒雁,经声隐暮潮。"《宋承旨林亭》云:"雪溜悬危石,棋灯射远林。"《赠僧》云:"漱齿冰溪远,开禅雪屋深。"《送人》云:"玉绳天阙远,金柝海城秋。"《句学士》云:"晓天金马路,晚岁石霜心。"《寄人》云:"山日秋光短,江虹晚影低。"《新津尉》云:"剑月啼猿苦,江沙濯锦寒。"《北宫书亭》云:"花露盈虫穴,梁尘堕燕泥。"《登上人》云:"寄禅关树老,乞食塞城荒。"《僧归新安》云:"风泉旧听僧窗改,云穴曾行鸟径残。"《春山》云:"芳树寻云老,孤泉落石危。"《送人南归海》云:"落

日横秋岛，寒涛兀夜舡。"宝通《题相国寺》云："下朝人带天香入，出定僧迎御杖来。"守恭《佛迹峰》云："布发人来绝，衔花鹿去多。"《朝海峰》云："影落扬侯宅，根连觉帝居。"行肇《送僧》云："听锡樵停斧，窥蝉鸟立槎。"《送人之鄞江》云："江声鳌背出，帆影斗边飞。"简长《送人归宁》云："烟垒沈寒角，霜空击怒雕。"尚能《送僧归浙右》云："霜洲枫落尽，水馆月生寒。"《送僧归四明》云："古寺山光满，重城海气围。"《送人》云："西风随雁急，寒柳向人疏。"《孙大谏知永兴》云："关河虎符重，殿阁兽樽闲。"智仁《溪居》云："寒声病叶落，晓色冻云开。"《僧归天台》云："路遥无去伴，山叠有啼猿。"《冬夕》云："风窗灯易灭，雪屋夜偏寒。"休复《送道士西游》云："日暮长安道，秋深太白峰。"惟凤《秋日送人》云："去路正黄叶，别君堪白头。"《哭度禅师》云："海客传遗偈，林僧写病容。"皆公之所举，略记十之二三。公又言，因集当代名公诗为《笔苑》，辇下江吴僧闻之，竟以诗为贽，择其善者，多写入《笔苑》中。同上

唱 和 联 句

唱和联句之起，其源远矣。自舜作歌，皋繇扬言赓载，及柏梁联句，颜延年有和谢监玄晖，谢监有《和伏武昌登孙权故城》等篇。梁何逊集中多联句，至唐朝文士唱和联句固多。元稹作《春深》题二十篇，并用家、花、车、斜四字为韵，白居易、刘禹锡和之，亦同此四字。令狐楚所和诗，多次韵，起于此。凡联句，或两句、四句，亦有对一句，出一句者，谓之辘轳体。同上

大 言 赋

苏易简为学士承旨日，太宗亲书宋玉《大言赋》赐之。易简因效玉，亦作《大言赋》以献，曰："皇帝书白龙笺，作《大言赋》，赐玉堂易简。御笔煌煌，雄辞洋洋，瑰玮博达，不可备详。诏易简升殿，躬指其理，叹宋玉之奇怪也，因伏而奏言，恨宋玉不与陛下同时。帝曰：'噫，

何代无人焉，卿为朕言之。'易简曰：'圣人兴兮告成功，登昆仑兮展升中，地为席兮飨祖宗，天起籁兮调笙镛。日乌月兔，曜文明也。参旗井钺，严武卫也。执北斗兮，奠玄酒也。削西华兮，为石砥也。迅雷三发，出神呼也。流电三激，爝火举也。礼册献兮淳风还，君百拜兮天神欢，四时一周兮万八千年。泰山夷兮溟海干，圆盖空兮方舆穿，君王之寿兮无穷焉。'"殿上皆呼万岁，上览之大喜，又作《大言赋铭》四句以褒之，易简刻石于院内之北壁。《类苑》卷三十九

潘　　佑

太祖尝谕旨江南，令遣使说岭南归顺。后主令近臣数人作书，惟潘佑所作千余言，词理精当，雄富典丽，遂用之。江南莫不传写讽诵，中朝士人，多藏其本，甚重之，真一时之名笔也。《类苑》卷四十

赵　邻　几

赵邻几善属文，有名于时，太宗用知制诰，未数旬卒，中使护葬。淳化末，苏易简上言，邻几有子悚之，亦好学，善属文，任北地邑，佐部送刍粟，死塞下，家睢阳。邻几平生多著文，家有遗稿。上遣直史馆钱熙往访之，得《补会昌以来日历》二十六卷，文集三十四卷，所著《鲰子》一卷，《六年帝略》一卷，《史氏懋官志》五卷，及佗书五十余卷来上。皆邻几点窜之迹，令宋州赐其家钱十万。同上

徐　　锴

徐锴仕江左，至中书舍人，尤嗜学该博，领集贤学士。校秘书时，吴淑为校理，古乐府中掺字者，淑多改为操，盖章草之变。锴曰："非可以一例，若渔阳掺者，音七鉴反，三挝鼓也。祢衡作渔阳三挝鼓歌词云：'边城晏开渔阳掺，黄尘萧萧白日暗。'"淑叹服之。又尝召对于清暑阁，阁前地悉布砖，经雨，草生缝中，后主曰："累遣薅去，雨润复

生。”锴曰：“《吕氏春秋》云：‘桂枝之下无杂木。’盖桂味辛螫故也。”后主令于医院取桂屑数斗，匀布缝中，经宿草尽死，其博物多识如此。尝欲注李商隐《樊南集》，悉知其用事所出，有《代王茂元檄刘稹书》云：“丧见跻陵，飞走之期既绝；投戈散地，灰钉之望斯穷。”独恨不知灰钉事，乃后汉杜笃《论都赋》云：“焚康居，灰珍奇，椎鸣镝，钉鹿蠡。”商隐之雕篆如此。同上。《类说》、《诗话总龟》卷二、《岁时广记》卷十一、《梦溪笔谈》卷四、《埤雅》卷十四节引此文。

钱　昭　序

钱昭序，邓王俶之族子也。为如京副使，知通利军。至道初，获赤乌白兔，昭序表献曰：“乌乃阳精，兔惟阴类。告火德蕃昌之盛，示金方驯服之徵。懿兹希世之珍，罕有同时而见。”当时多传诵。昭序有文词，作数赋，自一至十，凡十篇，甚为苏易简及江陵从祖所传诵。《类苑》卷四十

汤　悦

汤悦父殷举，唐末有才名。悦本名崇义，仕江南为宰相。建隆初，宣祖讳，改姓汤。初在吴为舍人，受诏撰扬州孝先寺碑，世宗亲往，驻跸此寺，读其文赏叹。画江后，中主遣悦入贡，世宗为之加礼。自淮上用兵，凡书诏多悦之作，特为典赡，切于事情。世宗每览江南文字，形于嗟重，当时朝臣沈遇、马士元皆以不称职，改授他官。复用陶毅、李昉为舍人，其后擢用扈载，率由此也。同上

陈　抟

陈抟，谯郡真源人，与老聃同乡里，生尝举进士不第，去隐武当山九室岩辟谷练气。作诗八十一章，号《指玄篇》，言修养之事。后居华山云台观，多闭门独卧，经累月至百余日不起。周世宗召至阙下，令

于禁中扃户以试之，月余始开，抟熟寝如故，甚异之。因问以神仙黄白修养之事，飞升之道，抟曰："陛下为天下君，当以苍生为念，岂宜留意于为金乎？"世宗弗之责，放还山，令长吏岁时存问。讫太祖朝，未尝召。太宗即位，再召之。雍熙初，赐号希夷先生。为修所居观，留阙下数月，多延入宫中书阁内与语，颇与之联和诗什。谓宰相宋琪等曰："陈抟独善其身，不干势利，真方外之士。入华山已四十年，计其年近百岁，且言天下治安，故来朝觐，此意亦可念也。"遣中使送至中书。琪等问曰："先生得玄默修养之道，可以授人乎？"曰："抟遁迹山野，无用于世，神养之事，皆所不知，亦未尝习练吐纳化形之术，无可传授。拟如白日升天，何益于治？圣上龙颜秀异，有天人之表，洞达古今治乱之旨，真有道仁圣之主，正是君臣合德以治天下之时，勤行修练，无以加此。"琪等表上其言，上览之甚喜。未几，放还山。端拱二年夏，令其徒贾德于张超谷凿石室，室成，手书遗表曰："臣抟大数有终，圣朝难恋，于七月二十九日化形于莲花峰下张超谷中。"缄封如法，至期卒于石室中，启封视之，乃预知也。死七日，支体犹温，有五色云闭塞洞口，终月不散。《类苑》卷四十一

江　直　木

江直木，隐居庐山，有至行。一夕，有盗入斋中，直木假寐不动，清贫无它物，唯持药鼎而去，遗其盖。直木俟其出户，随后掷盖与之。来日谓人曰："器不全成，得之安用？"报晓鸡为狸所食，直木怅然，将有以报鸡之冤者。来日持百钱坐路隅以俟，有持死兔过者，即市之，割以祭鸡。人或谓直木：此非狸。直木曰："亦是其类也。"同上

种　　放

种放字明逸，河南洛阳人，父故吏部令史，满，调补长安簿，卒官。放七岁能属文，既长，父勖令赴举，放辞以业未成，不可妄动。父卒，

兄数人皆从赋,放与母隐终南山豹林谷,结草茅为庐,以讲习为业,后生多从之学问,得其束修以自给。著书十卷,人多传写之。工为歌诗,亦播人口。宋维翰为陕西转运使,表荐之,太宗令本州给装钱三万,遣赴阙,量其才收用。放诣府受金,治行。素与张贺善,贺适自秦州从事公累免官,居京兆。放诣贺谋其事,贺曰:"君今赴召,不过得一簿尉耳。不如称疾,俟再召而往,当得好官。"放然之,即托贺为奏草,称疾。太宗曰:"此山野之人,亦安用之?"令本府岁时存问,不复召。其母甚贤,闻有朝命,恚曰:"常劝汝勿聚徒讲学。身既隐矣,何用文为?果为人知,而不得安处,我将弃汝深入穷山矣。"放既辞疾,母悉取其笔砚焚之,与放转诣穷僻,人迹罕至。后母卒,无以葬,遣僮奴持书于钱若水、宋湜。若水、湜同上言,以为先朝尝加召命,今贫不能葬其母,欲以私觌,是掠朝廷之美。诏京兆府赐钱三万、帛三十疋、粟三十石。咸平末,张齐贤知京兆府,表荐,召为左司谏,直昭文馆,赐五品服。《类苑》卷四十二

吕　洞　宾

吕洞宾者,多游人间,颇有见之者。丁谓通判饶州日,洞宾往见之,语谓曰:"君状貌颇似李德裕,它日富贵皆如之。"谓咸平初,与予言其事,谓今已执政。张泊家居,忽外有一隐士通谒,乃洞宾名姓,泊倒屣见之。洞宾自言吕渭之后,渭四子,温、恭、俭、让。让终海州刺史,洞宾系出海州房,让所任官,《唐书》不载。索纸笔,八分书七言四韵词一章,留与泊,颇言将佐鼎席之意。其末句云"功成当在破瓜年",俗以破瓜字为二八,泊年六十四卒,乃其谶也。洞宾诗什,人间多传写,有《自咏》云:"朝辞百越暮三吴,袖有青蛇胆气麤。三入岳阳人不识,朗吟飞过洞庭湖。"又有"饮海龟儿人不识,烧山符子鬼难看。一粒粟中藏世界,二升铛内煮山川"之句,大率词意多奇怪类此,世所传者百余篇,人多诵之。《类苑》卷四十三

华 阴 隐 人

华山南有川,广袤数百里,连山洞,不知其极。人有登莲华峰绝顶俯瞰,人烟舍屋相望,四时常有花木,疑灵仙之窟宅。又云秦人避难者居此,其后裔也。开宝中,有数人衣服异制,出华阴市中,人诘之,曰:"我居华阴川,因采药迷路至此,何所也?"后不知所诣,或疑其地仙。同上

佛　　经

佛经之入中国,自竺法兰、摩腾二师。以后汉明帝时,暨至白马寺,首译《四十二章经》。历晋及十六国南北朝暨唐,皆有梵僧自五天竺来,及华人之善竺音者,迭相翻译,讫开元,录凡大小乘经律论圣贤集共五千四十八卷。至贞元,又别录新经二百余卷。元和之后,译经遂废。太宗太平兴国初,有梵僧法贤、法天、施护三人,自西域来,雅善华音,太宗宿受佛记,遂建译经院于太平兴国寺。访得凤翔释清照,深识西竺文字,因尽取国库新贮西来梵夹,首令三梵僧诠择未经翻者,各译一卷,集两街义学僧评议。论难锋起,三梵僧以梵经华言对席读,众僧无以屈,译事遂兴。后募童子五十人,令习梵学,独得惟净者,乃江南李王之子,惠悟绝异,尽能通天竺文字。今上即位初,陈恕达议,以为费国家供亿,愿罢之。上以先朝所留意,不许。讫今所译新经论学,凡五百余卷,自至道以后,多惟净所翻也。大中祥符四年,译众上言,请如元正造录,诏令润文官参知政事赵安仁与翰林学士杨亿同编修,凡为二十卷。乃降赐太宗所作释门文字,令编其名题入录。安仁等及释众再上表,请御制释门文章,许之。六年三月,赐御制法音前集七卷,共论次其文理,以附于先皇之次,而冠于东土圣贤集之首。译经院置润文官,尝以南北省官学士充,中使一人监院事。译经常以梵僧,后令惟净同译,经梵学笔受二人,译缀文二人,评议二人,皆选名德有义学僧为之。同上　《事物纪原》卷七节引此文。

喻 浩 造 塔

钱镠曰:"释迦真身舍利塔,见于明州鄞县,即阿育王所造八万四千,而此震旦得十九之一也。"镠造南塔以奉安,俶在国,天火屡作,延烧此塔,一僧奋身穿烈焰,登第三级,持之而下,衣裳肤体多被烧灼。太平兴国初,俶献其地,太宗命取塔禁中,度开宝寺西北阙地,造浮图十一级,下作天宫,以葬舍利。葬日,上肩舁微行,自安置之,有白光由塔一角而出。上雨涕,其外都人万众皆洒泣,燃指焚香于臂掌者无数。内侍数十人,愿出家扫洒塔下,悉度为僧。上谓近臣曰:"我曩世尝亲佛座,但未通宿命,不能了了见之耳。"初造塔,得浙东匠人喻浩,浩不食荤茹,性绝巧,先作塔式以献。每建一级,外设帷幂,但闻椎凿之声,凡一月而一级成。其有梁柱龃龉未安者,浩周旋视之,持搥橦击数十,即皆牢整。自云此可七百年无倾动。人或问其北面稍高,浩曰:"京城多北风,而此数十步,乃五丈河,润气津浃,经一百年,则北隅微垫,而塔正矣。"塔成,而浩求度为僧,数月死,世颇疑其异。《类苑》卷四十三

建 寺

太平兴国寺,旧龙兴寺也,世宗废为龙兴仓。国初,寺主僧屡击登闻鼓,求复为寺,上遣中使持剑以诘之,曰:"此寺前朝所废,为仓敖以贮军粮,汝何故烦渎帝庭? 朝命令断取汝首。"仍戒之曰:"傥偃蹇怖畏,即斩之。或临刑无惧,即未可行刑。"既讯,其僧神色自若,引颈就戮。中使以闻,上大感叹,复以为寺。官为营葺,极于宏壮。又修旧封禅寺为开宝寺,前临官街,北镇五丈河,屋数千间,连数坊之地,极于巨丽。同上

西 域 僧 觉 称

大中祥符初,有西域僧觉称来,馆于传法院,其僧通四十余本经

论,年始四十余岁。丁谓延见之,嘉其敏惠,遣人送至予处,与译同来,设茶果。问之,译云:"入此国,见屠杀猪羊,县肉市肆,甚不忍观,见此方人心颇恶。彼西土,或一国人全不食肉。"予问能留此土否?觉称云:"愿至五台,谒文殊即还。"乃心思恋本国,不乐居此。因索纸以竹笔作梵书,横行数十字,请净公译云:"稽首摧伏诸魔力,我智者本名觉称,出家至今十九腊,渠胝偈句义能说。"后复作"圣德颂"以上,文理甚富。上问其所欲,但求全襕袈裟,归置金刚坐而已。诏尚方造以给之。觉称自言酤兰左国人刹帝利,性善画,于译堂北壁画释迦面,与此方绝异。同上

云 豁 入 定

吉州西峰宝龙院僧云豁,常入定,岁余一出。大中祥符三年,上遣中使赵履信取至阙下,宣于北御园舍中,扃镭之,月余始出定。苦告求归,厚赐以遣之。同上

郭 忠 恕

郭忠恕,字恕先,以字行。能属文,善史书。周广顺中,累为《周易》博士,贬乾州司户。秩满,遂不复仕。多游岐、雍、宋、洛间,纵酒,逢人无贵贱,常口称猫。遇山水佳处,绝粮数日不食。盛夏暴于日中,体不沾汗;穷冬大寒,凿河冰而浴,溶傍冰渐皆释。太宗召授国子监主簿,纵酒自肆,谤讟时政。太宗怒,决杖配登州。行至齐州临邑,谓部送吏曰:"我逝矣。"因掊地,窟才容面而卒。遂藁葬于道左,后数日,有取其尸改葬,视之空空,若蝉蜕然。同上 《苏文忠诗合注》卷二十王注节引此文。

赵 抱 一

秦州赵抱一者,初尝牧牛田间,一夕,有人叩门召之,以杖引行,

杖端有气如烟,其香可悦。俄至山崖绝顶,见数人会饮,音乐交奏,抱一骇莫能测。会巡检过其下,闻乐声,以为群盗欢集,令呼民梯山而上,至则无所睹,唯抱一独在,援以下之,自是不食。大中祥符四年至京师,犹卯角,诏赐名为道士。《类苑》卷四十四

黑　杀　将　军

开宝中,有神降于终南道士张守真,自言,我天之尊神,号黑杀将军,与玄武、天蓬等列为天之三大将。言祸福多验,每守真斋戒请之,神必降室中,风肃肃然,声如婴儿,独守真能晓之。太祖不豫,驿召守真至阙下,馆于建隆观,令下神。神曰:“天上宫阙已成,玉镵开,晋王有仁心。”言讫,不复降。太祖以其妖,将加诛会晏驾。太宗即位,筑宫于山阴,将塑像,请于神。神曰:“我人形,怒目被发,骑龙按剑,前指一星。”如其言造之。太平兴国六年,宫成,封神为翊圣将军,每岁春秋,遣中使祈醮,立碑记其事。守真时来京师,得召见。至道三年春,太宗弗豫,召守真至,令为下神。守真屡请,神不降。归,才至而卒。后数日,宫车晏驾,此事异也。同上

王　处　讷

王处讷,洛阳人,少时有老叟至其家,煮洛河石为面以食之。又尝梦人持巨鉴,众星灿然满中,剖其腹纳之,后遂通星历之学,特臻其妙。依汉祖于太原,开国为尚书博士,判司天监事。周祖素与处讷厚善,举兵向阙,以物色求之,得之甚喜。因言及刘氏祚短事,处讷曰:“汉氏历数悠远,盖即位之后,专以复仇杀人及夷人之族,结怨天下,所以社稷不得长久。”周祖蹶然叹息。适以兵围苏逢吉、刘铢第,待旦加戮,遽命置之。逢吉已自缢死,但诛铢,余悉全活。国初历司农少卿,进拜司天监。有子熙元,今为司天少监。《类苑》卷四十五

陈 洪 进

陈洪进与张汉恩为刘从效左右将，有沙门行云者，若狂人，自福州来。洪进供僧有礼，行云语洪进曰："汝当为此山河主，不出此岁。我且归长乐，秋后至此。"时建隆二年也。是春，从效卒，子绍锜典留务，至秋，洪进诬绍锜将召越人，执送金陵，汉恩为留后，自为副使。汉恩老且懦，洪进实专郡政，行云果来，谓洪进曰："凡世报前定，但人有千钱之禄，不可以图之，况将相之位，岂能力取？今留公多疑人，前后诛杀其众，王者不死，岂能害君哉？当须坦然任运，他日善终牖下，子孙蕃盛。苟怀疑杀人，蒙不善之报，鲜克令终矣。"洪进后废汉恩，幽于别墅，诸子屡劝除之，终不许，汉恩竟以寿终。行云秃首而不衣僧服，尝服紫皂揆衫，束带悬银鱼为饰，馆于州廨十余年。忽谓人曰："陈氏当有五侯之象，去此五年后，有戎马千万众，前歌后舞，入此城，喜而不怒，未知何故也。"恳求出舍外宅。洪进次子文颢，牧漳州，将归宁，行云曰："吾不及见矣。"遂沐浴右胁而逝。语馆人曰："过三日，乃得棺敛。"明日，文颢至，呕哭之，行云遽起坐，执手谈至暮，乃入灭。泉人疑所管二州，何以容五侯，当克取汀建以自益耳。后洪进来朝，献其地，改镇徐州，文显通州团练使，文颢、文颛、文项三人并授诸州刺史，是为五侯。王师入城，垂囊作筲鼓为乐，悉如其言。洪进感行云之言，帅泉十六年，未尝妄杀人，有犯极刑而情可恕者，多贷其死。

同上 《莆阳比事》卷二节引此文，注出《谈苑》。

昇 元 寺 石 记

江南将亡数年前，修昇元寺殿，掘得石记，视之，诗也。其辞云："莫问江南事，江南事可凭。抱鸡升宝位，趁犬出金陵。子建居南极，安仁秉夜灯。东邻娇小女，骑虎踏河冰。"王师以甲戌渡江，后主实以丁酉年生。曹彬为大将，列栅城南，为子建也。潘美为副将，城陷，恐有伏兵，命卒纵火，即安仁也。钱俶以戊寅年入朝，尽献浙右之地。

《类苑》卷四十七

秦 淮 石 志

江南保大中,浚秦淮,得石志。案其刻,有"大宋乾德四年"凡六字,他皆磨灭不可识。令诸儒参验,乃辅公祐反江东时年号。后太祖受命,国号宋,改元乾德,江左始衰弱。岂非威灵将及,而符谶先著也?同上

千 叶 牡 丹

李司空昉,淳化中,家园牡丹一岁中有千叶者五苞,特为繁艳,李公致酒张乐,召宾客以赏之。自是,再岁内,长幼凡五丧,盖地反物之验。同上

蜀 中 桃 符

辛寅逊仕伪蜀孟昶为学士,王师将致讨之前,岁除,昶令学士作诗两句,写桃符上。寅逊题曰:"新年纳余庆,佳节契长春。"明年蜀亡。吕余庆以参知政事知益州。长春乃太祖诞节圣节名,寅逊归朝,为太子中允,上疏谏猎,诏褒之。同上

陈 昭 遇

陈昭遇者,岭南人,善医,随刘铱归朝。后为翰林医官,所治疾多愈,世以为神医。绝不读书,诘其所习,不能答,尝语所亲曰:"我初来都下,持药囊,抵军垒中,日阅数百人。其风劳冷气之候,皆默识之,然后视其老幼虚实,按古方用汤剂,鲜不愈者,实未尝寻脉诀也。"庄周所谓悬解,董遇以为读书百遍义自见,岂是之谓欤?《类苑》卷四十八

钱镠治目疾

公言钱镠年老，一目失明，闻中朝国医胡某者善医，上言求之。晋祖遣医泛海而往，医视其目曰："尚父可无疗此，当延六七岁寿。若决瘼去内瘴，眼即复旧，但虑损福尔。"镠曰："吾得不为一目鬼于地下足矣。愿医尽其术以疗之，当厚报。"医为治之，复故。镠大喜，凡赂医金帛宝带计五万缗，具舟送医归京师。医至，镠卒，年八十一矣。医之孙收得镠与其祖书数幅，镠曾孙惟演赎得之，亲见焉。同上

治 面 疡

杨嵎为光禄寺丞直史馆，疡生于颊，连齿，辅车外肿若覆瓯，内溃出浓血，不辍吐之，甚痛楚，医为疗之百方，弥年不差。人有语之曰："天官疡医中有名方，何不试用？"嵎乃案疡人疗疡，必攻以五毒，合黄坚、买石胆、丹砂、雄黄、矾石、磁石其中，烧之三日三夜，烟上著，以鸡羽扫取，以注创，恶肉破骨尽出。嵎即依方，注药创中，少顷，朽骨连两牙溃出，疾遂愈，至今十五年。嵎见任主客员外郎。《类苑》卷四十九

秘 阁 藏 书

端拱元年，以崇文院之中，常置秘阁，命吏部侍郎李至兼秘书，提点供御图书，选三馆正本书万卷实之。置直秘阁及校理之职，命至，择其人奏署吏，以内侍监之。其外省自隶百司，秘阁列于集贤之下，写御书及百余卷，即秘监以奉进御，退藏于秘阁，内居从中降图画及前贤墨迹数千轴以藏之。淳化中，始造阁成，上飞白书额，亲幸，召近臣纵视图籍，赐宴。又以供奉僧元蔼所写御容二轴藏于阁。《类苑》卷五十

置 御 书 院

翰林学士院，自五代已来，兵难相继，待诏罕习王书，以院体相传，字势轻弱，笔体无法，凡诏令刻碑，皆不足观。太宗留心笔札，即位之后，募求善书，许自言于公车。置御书院，首得蜀人王著，以士人任簿尉，即召为御书院祇候，迁翰林侍书。著善草隶，独步一时，永禅师真草《千字文》，缺数百字，著补之，刻石，但得形范，而无神妙，世亦宝重之。修东岳庙，立碑，命著书。著时任著作佐郎，辞以官卑不称题刻，即日迁著作郎。时吕文仲为翰林侍读，与著更宿禁中。太宗每岁九月后，至暮夜，即召宿直侍书，及待诏书艺于内东门北偏小殿内，张烛令对御书字，或问以外事，常以至乙夜而罢。著善大书，其笔甚大，全用劲毫，号散卓笔，市中鬻者一管百钱。初以纸一番令书八字，又一番令书六字，又一番四字，又一番两字，又一番一字，皆极于遒劲，上称善，厚赏之。著后官至殿中侍御史，赐金紫。太平兴国中，选善书者七人，补翰林待诏，各赐绯银鱼袋，钱十万，并兼御书院祇候，更配两院。余者以次补外官。自是内署书诏，笔体一变，灿然可观，人用传宝，远追唐室矣。同上

太宗棋品第一

太宗棋品至第一，待诏有贾玄者，臻于绝格，时人以为王积薪之比也。杨希紫、蒋元吉、李应昌、朱怀璧亦皆国手，然非玄之敌。玄嗜酒，病死，上痛惜之。末年得洪州人李仲玄，年甚小，而棋格绝胜，可侔于玄，岁余亦卒。朝臣有潘慎修、蒋居才，亦善棋，至三品。内侍陈好玄至第四品，多得侍棋。自玄而下，皆受三道，慎修受四道，好玄受五道。慎修尝献诗云：“如今乐得仙翁术，也怯君王四路饶。”又作《棋说》千余言以献，上喜叹之，皆涉治道。同上

草　书

凡章草小草，点画皆有法，不可率意辄书。近年李居简善草书，太宗甚爱之，以赞书大夫直御书院。王嗣宗亦习而不能精，谚云："信速不及草书，家贫不办素食。"言其难卒置也，然小草尤难。_{同上}

僧　善　书

近年释子中多善书者，庐山僧颢彬茂蒋善王书，关右僧梦英善柳书，浙东僧元基善颜书，多写碑石印板，皆不下前辈。寿春惠崇善王书，又其次。_{同上}

张　维

公言，张维者，蜀人也，为沙门，后反初。尤善王书，绝得怀素之骨，世鲜能及之。王嗣宗曾荐于今上，召试御书院。维自负其能，少肯降屈，入院内，环视诸人所书，不觉微哂，众怒，共排之，止得隶秘阁，为楷书，不就。景德末，扈驾谒陵，还经郑州，从幸开元寺，观新塔，僧前揖言，闻公深信内典，愿为之碑，因诺之。后为撰碑，维为书，真一时之绝也。维贫薄甚，后寄死人家。_{同上}

缙云酝匠

缙云榷署一匠，善酝，经手者罔不醇美。尝令写其方，俾建安姻家造之，味不绝佳。因召匠诘传方之谬，匠曰："方尽于是矣。然其酘浆，随天气温炎寒凉，量多少之数，均冷暖之节，揽匀浥，尝味体测，此不可口授，但心能晓耳。家有二子，亦不能传其要。"此亦《庄子》斫轮之义也。_{同上}

陈　乔

陈乔仕江南，为门下侍郎，掌机密。后主之称疾不朝，乔预其谋。及王师问罪，誓以固守，时张洎为乔之副，常言于后主，苟社稷失守，二臣死之。城陷，乔将死，后主执其手曰：“当与我同北归。”乔曰：“臣死之，即陛下保无恙。但归咎于臣为陛下建不朝之谋，斯计之上也。”擘其手去，入视事厅内，语二亲仆曰：“共缢杀我。”二仆不忍，解所服金带与之，遂雉经。后主求乔不得，或谓张洎曰：“此诣北军矣。”乔既死，从吏撤扉而瘗之。明年，朝廷嘉其忠，诏改葬。后见其尸如生而不僵，髭发郁然。初求尸不得，人或见一大夫衣黄半臂举手影，自南廊而过。掘得尸，以右手加额上，如所睹者。《类苑》卷五十三

相州部民张某

张洎言，典相州日，有部民张某杀一家六人，诣县自陈。县上州，洎诘之，曰：“某家之姻贫困，常取息少有所负，被其诟辱，我熟见而心不平，思为姻家报仇，幸毕其志。然所恨七口而遗其一，使有噍类。私雠已报，愿就公法。”洎曰：“杀人一家，宁无党乎？”对曰：“某既出身就死，肯复连及同谋？”又曰：“汝何不亡命？”对曰：“姻家即其邻，苟不获盗，岂得安堵？”又曰：“汝不即死，何就缧绁？”曰：“我若灭口，谁当辨吾姻之不与谋？又孰与暴其事于天下？等死，死义可乎？”洎曰：“吾将闻上，免汝之死。”曰：“杀人一家而苟活，且先王以杀止杀，若杀人不诛，是杀人终无已，岂愿以一身乱天下法哉？速死为幸。”洎嗟叹数四，卒案诛。河朔间无不传其事者。《类苑》卷五十四

曹彬讨金陵

曹彬事太祖，时将讨金陵，责后主称疾不朝之罪。以彬长者，令为统师，将终全其城，彬累遣言城中：大军决取，十一月二十七日破

城，宜早为之图。后主将遣其爱子清源郡公仲寓入觐，至仲冬下旬，日日克期仲寓将出，彬屡遣督之，言郎君到寨，即四面罢攻。终惑左右之言，以为坚垒如此，天象无变，岂可计日而取？盖敌人之言，岂足为信？但报言行李之物未备，宫中之宴饯未毕，将以二十七日出。彬又令恳，言至二十六日亦无及矣，果以是日城陷。整军成列，至其宫城门，后主方开门奉表纳降，彬答拜，为之尽礼。先是，宫中预积薪，后主誓言，若社稷失守，当携血属以赴火。既见彬，彬谕以归朝，俸赐有限，费用至广，当厚自赍装，既归有司之籍，则无及矣。遣后主入治装，裨将梁迥、田钦祚皆力争，以为苟有不虞，咎将谁执？彬但笑而不答。迥等切谏，彬曰："非尔所知，观煜神气，懦夫女子之不若，岂能自引决哉？"煜果无他。彬遣五百人为伴，致辎重登舟，有一卒负笼下道旋，彬立命斩之，负担者罔敢蹉跎。后主既失国，殊无心问家计，既升舟，随军官吏入观宫屏帏几砚什器，皆设不动，所赍持鲜矣。后贾黄中知州，因领宾客历览宫内，见一斜门封锁甚固，即召官吏同启锁视之，得金宝受用物计直三百万缗。城之陷也，有净德尼院近四十余众，皆宫中人出家者也，城危，亦积薪于院庭，后主悔之，约如有不虞，宫中举火为应，当皆焚死。是日浙兵纵火，净德遥观其焰起，一院四十人皆赴火死，无一人肯脱者。同上

武　行　德

武行德，太原榆次人，身长八尺余，绝有膂力，以负薪自给，里人号为一谷柴。晋祖在镇州日，因出猎，行德方入城鬻薪，避道左。晋祖见其魁岸，驻马问之，怪所负薪异于常，令左右数人不能举，奇其材，因留帐下，后至节帅中书令。国初，终太子太傅。《类苑》卷五十五

呼　延　赞

呼延赞以武勇为卫士直长，自言受国恩深，誓不与契丹同生，遍刺其体作赤心杀契丹字，涅以黑文，反其唇内，亦刺之。鞍鞯兵仗，戎

具什器,皆作其字,或刺绣雕刻朱重为之。召善黥之卒,横剑于膝,呼其妻,责以受重禄,无补报,当黥面为字,以表感恩之意,苟不然者,立断其首。举家皆号泣,以谓妇人黥面非宜,愿刺臂,许之。诸子及仆妾亦然。尝延一举子,亟走不敢还顾,赞曰:"是家心与我异,卒不留之矣。"赞作破阵刀、降魔杵、铁鞭,幞头两旁有刃,皆重数十斤,乘乌骓马,绯抹额,慕尉迟鄂公之为人,自称小尉迟。母姓李,拜郑州灵显王像为舅,自称甥以祭。子病,割股肉以为羹食之。数子亦有勇力,日夕课其击剑、驰射、枪斗、蹶张、挽强,持棰梃相击挞,殆无完肤。幼子才百晬,服襁褓,持登城楼,掷于地不死。人问其故,曰:"聊试其命耳。"为忠佐都军头,每至直舍中,内侍近臣多环绕之。赞取佩刀刺胸出血,召从吏濡墨为书,奏言乞捍边杀虏。内侍或戏曰:"何不割心以明忠?"赞笑曰:"我非爱死,但契丹未灭,徒虚掷其躯耳。"出刺保州,奏太宗曰:"臣服饰奇异,所过必观者壅遏,愿敕郡县发卒遮迥清道。"上笑而不许。至团练使领军头。同上

杨　　业

杨业,麟州人,少倜傥任侠,以射猎为事,所获比同辈尝倍。谓人曰:"我他日为将用兵,亦如用鹰犬逐雉兔耳。"仕太原刘氏,至建雄军节度,频立战功,国人号为无敌。太原平,太宗得之甚喜,释缚授大将军,数月擢为郑州防御使。以其知边事,俾为三交部署知代州,虏寇雁门北,日南向,业从后击之,虏大败,以功迁云州观察使。雍熙中,副潘美进讨,自云应路,以王侁、刘文裕监其军,连接云、应、寰、朔四州,次筑乾羽。会歧沟大军不利,班师,美部迁四州民于内地。虏齐妃及耶律汉宁、北皮室、五押惕隐众十余万,复陷寰州,业谓美等曰:"贼盛,未可战。朝廷止令取四州民,今但领兵出大石路,先遣告云朔守将,俟大军离代州,即云州之众先出。我师次应州,虏必悉众来拒,即令朔州吏民悉入石碣谷,分强弩千人觇谷口,骑士援于中路,三州之众万全矣。"侁沮之曰:"今精兵数万,何畏懦如此?趋雁门北川中,鼓行而往可也。"文裕亦赞成之,业曰:"不可,必败之势也。"侁曰:"君

侯素号无敌,逗挠不战,岂有他志乎?"业泣下曰:"业非爱死耳,但时有未利,杀伤士众,而功不立。今君责业以不死,当为诸君先死耳。"即部帐下骑兵数百人,自石碣路趋朔州,将行,泣谓美曰:"业本太原降将,当死,上不杀,宠以爵位,委我以兵柄,固愿立尺寸功为报,岂肯纵虏不击,而怀他志哉? 今诸君责以避敌,当先死于虏。"因指陈家谷口曰:"公于此张步兵,分强弩,为左右翼为援,业转战至此,以步兵击之,不然无遗类矣。"美如其言,与侁等陈谷口,自寅至巳,侁使人登托逻台望,以为虏寇遁走,欲争其功,领兵离谷口,美不能制。乃沿灰河而西南行二十里,闻业败,麾兵却走。业至暮达谷口,望见无人,抚膺大哭,再率帐下决战,身被十数枪。业抚下有恩,时从卒尚百余人,业谓曰:"汝等各有父母妻子,傥鸟兽散,尚有还报天子者,无与我俱死。"军士皆泣不肯去。其子延昭死之,业独手刃数百人后就擒,太息曰:"上遇我厚,为奸臣所逼致败,何面目虏中求活哉?"遂不食三日,死。天下冤之,闻者为流涕。上闻之,侁、文裕并除名,配隶诸州。厚赎业家,录其五子,诏褒赠业太尉、大同军节度使。业子延朗骁勇,为边将有威名,戎人畏之。同上

崔　翰

崔翰风仪伟秀,有勇干,为天武左厢主。太宗亲征太原,讲武于西京,时殿前都将杨义失暗,不能言,指挥非便,命翰代之。翰执金鼓,周旋进退,军容甚整。上悦,遣中使密以金带赐之,曰:"此我藩邸时所服者。"因谓左右曰:"若崔翰者,必不事晋朝矣。"盖言晋政多门,武经废紊也。后为殿前都虞候,从平晋阳,时军士立功未行赏赉,遽有平燕之议,诸将莫敢言。翰曰:"此一事不可再举,乘破竹之势,取之甚易。"上信然之。既而范阳班师,至金台驿,中黄门阎承翰驰奏,大军不整,南面而溃。上令翰率卫士十余人止之,翰请单骑径往,告谕众,稍稍乃定,不戮一人,上甚嘉之。后迁领节镇。同上

刘 吉

刘吉,江左人,有膂力,尚气,事后主为传诏承旨,忠于所奉。归补供奉官,以习知河渠利害,委以八作之务。太平兴国中,河大决,吉护之,与丁夫同甘苦。使者至,访吉不获,甚怒,乃著皂帩头短布褐,独负二囊土为先道,戒从吏勿敢言,使者密访得之,白太宗,太宗厚赐之。内侍石全振者,领护河堤尤苛急,自谓石爆裂,言其性多暴怒也。居常侵侮吉,吉默然不校。一日,与吉乘小艇督役,至中流,吉语之曰:"君恃贵近,见凌已甚,我不畏死,当与君同见河伯耳。"遂荡舟覆之,全振号哭,搏颡求哀乞命,乃止,自是不复敢侵吉。其父本燕蓟人,自受李氏恩,常分禄以济其子孙,朔望必诣其第,求拜后主,自李氏子姓,虽童幼必拜之,执臣仆之礼。后迁崇仪使,其刺字谒吴中故旧,题僧壁驿亭,但称江南人刘吉,示不忘本也。有诗三百首,目为《钓鳌集》,徐铉为之序。其首篇《赠隐者》,有"一箭不中鹄,五湖归钓鱼"之句,人多诵之。以其塞决河有方略,人目为刘跋江,名震河上。同上

王 隐

王隐,本期门健步,隶皇城司。太平兴国中,河大决,调发缘河丁夫数十万塞之,将下大楗合堤口,日遣健步数辈来往侦报。将合龙门,凡健步两辈至,上召问,云:"河决已塞,水复故道。"隐续至,其言亦然,且云:"初来时,颇见津流未断,恐尚烦圣念。"上怒,令拘之。少顷,报至,果水势猛暴,冲大楗,复溃注数郡。上召隐慰谕,立迁小校。自是或补拟亲从列校,必首记其名,多蒙超擢。至道初,东宫建,择亲卫指挥使二人,已得刘谦,尚阙一名,上曰:"王隐忠直不妄语,可以补之。"后至侍卫步军都指挥使、保顺军节度使。隐无他能,由一言之不诳人主,而克享世福,况积德者乎? 同上

张　继　能

内侍张继能,尝为镇戎军钤辖。初古原州自唐已来,陷于党项,徙治平凉县。继迁之叛,李继隆、继和建议城古原州,以保障内属藩部,并力御贼,是为镇戎军。以隆、和知军事,几七八年,继能为钤辖,题诗于厅事曰:"夜闻碛外铃声苦,晓听城头角调哀。不是感恩心似铁,谁人肯向此中来?"继能读书有识略,忠直好谈论,知治体,今为入都内领郡。同上

张　洎　见　龙

张洎使高丽,方泛舟海中,因问舟人,龙可识乎? 对曰:"常因云起,多见垂尾于波澜间,动摇舒缩,良久,雨大作,未尝见其全体及头角也。"洎因冠带焚香,祝以见真龙。时天清霁,忽有龙见于水际,少顷渐多,以至弥望蠢然无数,洎甚震骇,良久而没。《类苑》卷五十八

百　药　枕

益州有药市,期以七月七日,四远皆集,其药物多品甚众,凡三日而罢,好事者多市取之。淳化中,有右正言崔迈,任峡路转运。迈苦多病,素有柏枕,方令赍万钱,遍市药百余品,各少取置柏枕中,周环钻穴,以彻其气。卧数月,得癞病,眉须尽落,投江水死。说者以为药力薰发骨节间疾气。《类苑》卷五十九

湿纸化为菌

钱若水言,壬午年洛中大水,室庐多污潴。太师之第,屋木有存者,视书屋床榻尚在,无复卷册,悉化为菌,熟视尚有墨痕文字,若可识,盖楮之变也。同上

蜀人以去声呼平声字

今之姓胥姓雍者，皆平声，春秋胥臣，汉雍齿，唐雍陶，皆是也。蜀中作上声去声呼之，盖蜀人率以平为去。同上

刘吉论食鱼

刘吉护治京东河决，时张去华任转运使，巡视河上，方会食，坐客数十人，鲙鲤为馔。去华顾谓四坐曰："南人住水乡，多以鱼为食，殊不厌其腥也。"意若轻鄙南士。吉奋然对曰："运使举进士状元，曾不读书，何自彰其寡学？《尚书》：禹决九川，有鱼鳖，使民鲜食，'淮夷蠙珠暨鱼'。《易》姤之九二'庖有鱼'，又下系'庖牺氏以佃以渔，盖取诸离'。《周官·鳖人》：'掌以时簎为梁，辨鱼物，供王膳羞。'《诗》载《嘉鱼》、《鱼藻》、《九罭》之篇，《小雅》云'庖鳖脍鲤'，'张仲孝友'。《国风》云：'岂其食鱼，必河之鲂？'又曰：'谁能烹鱼？溉之釜鬵。'《戴记》云：'小潦降，不献鱼鳖。不中杀，不鬻于市。居山者，不以鱼鳖为礼。''三月，天子乘舟，荐鲔于寝庙。孟秋，天子食稻与鱼。又食鱼者，去乙。'孔子，鲁人，云：鱼馁不食。赵盾，晋人，鱼飧。田文，齐人，其上客皆食有鱼。子产，郑人，而人献生鱼。子公，亦郑人，解鼋染指于鼎。公父文伯，鲁人，羞鳖致客怒而出。大舜渔于雷泽，吕望钓于渭滨，又何必皆南州之人？况今太官之盛馔，宗祊之备物，皆荐是品，而商旅贩鬻，闾阎啖食，其济民食广矣。何谈之容易？"去华色沮，不能酬其言。同上

建 州 蜡 茶

建州，陆羽《茶经》尚未知之，但言福建等十二州未详，往往得之，其味极佳。江左日近方有蜡面之号，李氏别令取其乳作片，或号曰京挺的乳，及骨子等，每岁不过五六万斤，讫今岁出三十余万斤。凡十品，曰龙茶、凤茶、京挺的乳、石乳、白乳、头金、蜡面、头骨、次骨，龙茶

以供乘舆及赐执政亲王长主,余皇族学士将帅皆得凤茶,舍人近臣赐京挺的乳,馆阁白乳。龙、凤、石乳茶皆太宗令造,江左乃有研膏茶供御,即龙茶之品也。丁谓为《北苑茶录》三卷,备载造茶之法,今行于世。《类苑》卷六十

仕宦岭南

岭南诸州多瘴毒,岁闰尤甚。近年多选京朝官知州,及吏部选授三班使臣,生还者十无二三,虽幸而免死,亦多中岚气,容色变黑,数岁发作,颇难治疗。旧日小郡及州县官,率用土人摄官莅之,习其水土。后言事者以为轻远任,朝廷重违其言,稍益俸入,加以赐赍,贪冒之徒,多亦愿往,虽丧躯不悔也。《类苑》卷六十一

小窑李

许州小窑出好李,太常少卿刘蒙正有园在焉,多植之。每遣人负担归京师,以遗贵要,窃得尝之,绝大而味佳,所未曾知也。同上

沉香木

岭南雷州及海外琼崖,山中多香树,山中夷民斫来卖与人。其一树出香三等,曰沉香,曰笺香,曰黄熟香。沉、笺皆二品,曰熟结,曰生结。熟结者,树自枯烂而得之。生结,伐仆之,久烂脱而剔取。黄熟有三品,曰夹笺,其破者为黄散香。夷民率以香树为槽,以饲鸡犬。郑文宝诗曰:“沉檀香植在天涯,贱等荆衡水面楂。未必为槽饲鸡犬,不如煨烬向豪家。”同上

麝裂脐狨氄牛断尾

公尝言,商汝山多群麝,所遗粪,尝就一处,虽远逐食,必还走之,

不敢遗迹他所，虑为人获，人反以是求得，必掩群而取之。麝绝爱其脐，每为人所逐，势且急，即自投高岩，举爪裂出其香。就絷而死，犹拱四足保其脐。李商隐诗云"投岩麝退香"，许浑云"寻麝采生香"是也。狨类鼠而大，尾长而金色，生川峡深山中，人以药矢射杀之，取其尾，为卧褥鞍被坐毯之用。狨甚爱其尾，既中毒，即齿断其尾以掷之，恶其为身患。杜甫诗云"狨掷寒条马见惊"，盖轻捷善缘木，猿狖之类也。犛牛出西域，尾长而劲，中国以为缨，人或射之，亦自断其尾。盖左氏所谓雄鸡自断其尾，而庄周以牛之白颡，豕之亢鼻与自痔病者，巫祝不以适河，乃无用之为大祥也。同上

猩 猩

猩猩，南中兽。《山海经》云："如豕而人面。"《汲冢周书》云："状如黄狗，人面，头如雄鸡。"郦元《水经》云："形如黄狗，而面目端正，善与人言，声音妙丽，如妇人对语，闻之无不酸楚。其血可以染纨素，尤为绝好。"太祖平岭南，求得猩猩，如雄鸭而大，取其血以染，色如渥丹，与传记所载不类。同上

病 瘿

夫颈处险而瘿，今汝洛间多，而浙右、闽、广山岭重阻，人鲜病之者。按《本草》："海藻昆布，主瘿瘤。"注云："凡海菜，皆疗瘤结气。青苔紫菜亦然。"盖被海之邦，食其惟错之味，能疗之也。同上

土厚水深无病

公尝言，《春秋传》曰："土厚水深，居之不疾。"言其高燥。予往年守郡江表，地气卑湿，得痔漏下血之疾，垂二十年不愈，未尝有经日不发。景德中，从驾幸洛，前年从祀汾阴，往还皆无恙。今年，退卧颍阴滨，嵩少之麓，井水深数丈，而绝甘，此疾遂已。都城土薄水浅，城南

穿土尺余已沙湿,盖自武牢已西,接秦晋之地,皆水土深厚,罕发痼疾。同上

白鹿洞藏书

江州庐山白鹿洞,李公择常聚书籍,以招徕四方之学者,有善田数十顷给之。选太学中通经者,授以他官,领洞事,以职教授,自江南北,为学者争凑焉,常不下数百人,厨廪丰给。太平兴国初,洞主明起建议,以田入官,而齿仕籍,得蔡州褒信簿。既乏供馈,学徒日散,室庐隳坏,因而废焉。同上

建州多佛刹

公言,吾乡建州,山水奇秀。梁江淹为建安令,以为碧水丹山,灵木珍草,皆平生所至爱,不觉行路之远,即吾邑也。而岩谷幽胜,土人多创佛刹,落落相望。伪唐日州所领十一场县,后分置邵武军,割隶剑州。今所管六县,而建安佛寺三百五十一,建阳二百五十七,浦城一百七十八,崇安八十五,松溪四十一,关隶五十二,仅千区,而杜牧江南绝句云:“南朝四百八十寺。”六朝帝州之地,何足为多也! 同上

五 丈 河

京水自荥阳来至于汴。有陈承昭者,本江南节度使,将兵淮上,为世宗所擒,以为上将军,习知水利。国初上言,可导京水入,逾汴东北注为河,通山东之漕,遂遣按行京东地。任下,遂调民穿渠,贯曹郓入于黄河,以大木架汴流上,道京水以过,将引流,车驾临观。两淮未合,联木施刍草毡絮,涂茭泥,水即随过,北流为河,其广五丈,号五丈河。岁运京东诸州刍粟五十万斛,商旅交凑,至今赖其利。《类苑》卷六十二 《事物纪原》卷六节引。

朱贞白善嘲咏

朱贞白，江南人，不仕，号处士。子铣，举进士，至知制诰。贞白善嘲咏，曲尽其妙，人多传诵。《咏刺蝟》云："行似针毡动，卧似栗裘圆。莫欺如此大，谁敢便行拳。"尝谒一贵公，不甚加礼，厅事有一格子屏风，贞白题诗其上云："道格何曾格，言糊又不糊。浑身总是眼，还解识人无？"又《题棺木》云："久久终须要，而今未要君。有时闲忆著，大是要知闻。"《题狗蚤》云："与虱都来不较多，攘挑筋斗大娄罗。忽然管着一篮子，有甚心情那你何？"《咏月》云："当涂当涂见，芜湖芜湖见，八月十五夜，一似没柄扇。"建师陈晦之子得诚罢管沿江水军，掌禁卫，颇患拘束，方宴客，贞白在坐，食螃蟹，得诚顾贞白曰："请处士咏之。"贞白题曰："蝉眼龟形脚似蛛，未尝正面向人趋。如今钉在盘筵上，得似江湖乱走无？"众客皆笑绝。又《咏莺粟子》，其警句云："倒排双陆子，稀插碧牙筹。既似柿牛奶，又如铃马兜。鼓捶并攞箭，直是有来由。"《类苑》卷六十三

李涛题不动尊院诗

李涛相国，性滑稽，为布衣时，往来京洛间。汜水关有一僧舍，曰不动尊院，院中有不出院僧，十余载，涛每过尝憩其院，必省其僧。未几，寺为火所焚，僧众皆徙他所，涛后过，但门扉犹在，题诗其上云："走却坐禅客，移将不动尊。世间颠倒事，八万四千门。"同上

造 五 凤 楼 手

韩浦、韩洎，晋公滉之后，咸有辞学。浦善声律，洎为古文，意常轻浦，语人曰："吾兄为文，譬如绳枢草舍，聊庇风雨。予之为文，是造五凤楼手。"浦性滑稽，窃闻其言，因有亲知遗蜀笺，浦题作一篇，以其笺贻洎曰："十样蛮笺出益州，寄来新自浣溪头。老兄得此全无用，助

尔添修五凤楼。"同上

苏　协

苏易简父协,蜀中举进士,性滑稽。易简任翰林学士,协为京府掾,时亲王为尹。每朝旦,父子冠带晨起,协诣府,易简入禁中。协笑谓人曰:"父参其子,子朝其父,斯事亦倒置矣。"初协为汝州司户,易简通判苏州,书与易简曰:"吾在汝,汝在吴,吾思汝,汝知之乎?"其好谈谐如此。同上

刘铢欲为降王之长

太平兴国初,陈洪进自漳泉归阙,钱俶由吴越来朝。江南后主与刘铢同列,因侍宴,铢自言:"朝廷威灵,僭窃之主,皆不能保其社稷,今日尽在坐中。陛下明年平太原,刘继元又至。臣于数人中,率先归朝,愿得持挺,为诸国降王之长。"太祖大笑,赏赐甚厚,其谈多此类。《类苑》卷六十四

党　进

党进,北戎人,幼为杜重威家奴,后隶军籍,以魁岸壮勇,周祖擢为军校。国初至骑帅,领节镇。太祖征太原,我师未成列,贼骁将杨业帅精锐二百余骑突我师,进挺身与麾下逐业,败走入城濠,会援兵至,业缘缒得入城,获免。军中服进之勇,太祖屡对众称之。进不识文字,不知所董禁兵之数,上忽问及军中人数,先其军校皆以所管兵骑器甲之数细书,著所持之梃,谓之杖记,如笏记焉。进不举,但引梃以对曰:"尽在是矣。"上笑,谓其忠实,益厚之。徼巡京师市井间,有畜鹰鹞音禽者,进必令左右解纵之,骂曰:"不能买肉供父母,反以饲禽乎?"太宗在藩邸,有名鹰鹞,令圉人调养,进忽见,诘责欲解放,圉人曰:"晋王令养此。"且欲走白晋王,进遽止之,与钱令市肉,谓之曰:

"汝当谨视此,无使为猫狗所伤。"小民传之为笑。镇许日,幕中宾佐有忤意,必命批其颊。尝病疮,宾佐入视疾,进方拥锦衾,一从事窃语曰:"烂兮。"进闻之,命左右急捉从事,批其颊,殆于委顿,大骂曰:"吾正契丹,何奚之有? 脚患小疮,那至于烂?"盖谓奚之种贱也。过市,见缚栏为戏者,驻马问:"汝所诵何言?"优者曰:"说韩信。"进大怒,曰:"汝对我说韩信,见韩即当说我,此三面两头之人。"即命杖之。进名进,居常但称晖,或以为言,曰:"自从其便耳。"啖肉至数斤,饮酒斗余,宴会对宾客甚温雅嬉笑。忽擐甲胄,即髭髯皆磔竖,目光如电,视之若神人。故为杜氏奴,后见其子孙,必下拜,常分俸以给之,其所长也。同上

卢文纪追兄草诏

后唐卢文度、文纪,俱在翰林,文度喜属文,文纪思迟涩,每事诏事填委,多文度代草之。一日休暇,文纪当直,文度以禁中无事,送客郊外。会有密诏数道,亟遣僮骑追其兄还,不及饯饮。缙绅闻而笑之,咸曰:"文度自外来,跃马赴其弟之急难。逮至翰苑中,文纪以书册围合矣。"盖言文纪检阅旧本仓卒也。同上

徐 铉 信 鬼 神

徐铉不信佛,而酷好鬼神之说,江南中主常语铉以"佛经有深义,卿颇阅之否?"铉曰:"臣性所不及,不能留意。"中主以《楞严经》一帙授之,令看读,可见其精理。经旬余,铉表纳所借经求见,言曰:"臣读之数过,见其谈空之说,似一器中倾出,复入一器中,此绝难晓,臣都不能省其义。"因再拜。中主哂之,后尝与近臣通佛理者说以为笑。专搜求神怪之事,记于简牍,以为《稽神录》。尝典选,选人无以自通,诡言有神怪之事,铉初令录之,选人言不闲笔缀,愿得口述。亟呼见,问之,因以私祷,罔不遂其请。归朝,有江东布衣蒯亮,年九十余,好为大言夸诞,铉馆于门下,心喜之。《稽神录》中事,多亮所言。亮尝

忤铉,铉甚怒,不与话累日。忽一日,铉将入朝,亮迎呼为中阒,云:"适有异人,肉翅自厅飞出,升堂而去,亮目送久之,方灭。"铉即喜笑,命纸笔记之,待亮如故。江陵从祖重内典,尝谓铉曰:"公鄙斥浮屠之教,而重神变之事,瞿昙岂不得作黄面神人乎?"铉笑而不答。《类苑》卷六十五 《郡斋读书志》"稽神录"条节引此文。

嚼 舌 而 死

金陵道士章齐一,善为诗,好嘲咏,一被题目,即日传诵,人皆畏之。凡四百余篇,曲尽其妙。后得疾,嚼舌而死。《类苑》卷六十六

张 格 献 曲

孟蜀后主,凡命宰相,必征《感皇恩》二章为谢。有张格者拜相,其所献之曲,有"最好是,长街里,听喝相公来"之句,人传为笑。同上

铜 雀 台 古 瓦

徐铉工篆隶,好笔砚。归朝,闻邺中耕人,时有得铜雀台古瓦,琢为砚,甚佳。会所亲调补邺令,嘱之,凡经年,寻得古瓦二,绝厚大,命工为二砚持归,面以授铉。铉得之喜,即注水,将试墨,瓦瘗土中,枯燥甚,得水即渗尽。又注之,随竭,滒滒有声啧啧焉。铉笑曰:"岂铜雀之渴乎?"终不可用,与常瓦砾无异。同上

执政戏授钱仪钱信官

钱俶献地,弟仪以越州安抚使授慎、瑞、师等州观察使,信以湖州安抚使授新、妼、儒等州观察使。仪好昼寝,多以夜决府事及游宴。信为沙门返初,执政戏之也。同上

宣徽角抵士

徐铉所居,逼五龙堂,宣徽角抵士将内宴,必先肄习于其中,观者云集。铉方蔬食,坐道斋中诵《黄庭》,闻外喧甚,立遣小童视之。还白云:"许、赵二常侍与诸常侍习角抵。"铉笑曰:"此诸同寮,难可接其欢也。"京师呼宣徽角抵士皆为常侍故。同上

卢文纪为相

文纪性滑稽,孟知祥之僭号,尝奉使于蜀,适会改元。方春社,知祥张宴,设彘肉,语文纪曰:"上戊之辰,时俗所重,不可废也,愿尝一脔。"文纪笑曰:"家居长安,门族豪盛,彘肩不登于俎。时从叔伯祖颇欲大嚼,终不可致。一家奴慧黠,众以情语之。宅后园有古冢空旷,奴扫除其中,设肉数盘,私命诸从祖食之,珍甚,五房不觉言珍。五房曰:'匪止珍哉,今日乃大美元年也。'良久,冢中二鬼骤至,呼曰:'诸君窃食糟彘,败乱家法,其过已大,乃敢擅改年号乎?'"知祥有愧色。清泰即位,将命相,取达官名十人致瓶中探取之,首得文纪,遂为宰相。《类苑》卷六十七

坡　　拜

李文正公言,今呼谏议为坡拜,盖唐朝旧语。自外入为谏议,班在给舍之上,岁满迁给事中,又岁满迁舍人。故两省同列谑谏议云:"君今上坡后,当复下坡矣。"刘公《嘉话录》载:初拜谏议者,给舍戏之曰:"何人骤居我上?"彼曰:"以我不才,何不拽下著?"乃迁也。同上

湫　　神

宁州真宁县要册湫,自唐天后、中宗朝,多祈雨有验,岁旱,遣中

使持锦织,及镇宣徽乐工三五十人作乐于祠庭。僖宗乾符中,封神为应圣侯,昭宗光化中,进封普济王。开宝九年,太宗在南府,遣亲吏市马秦州,过宿于湫房,梦人告云:"晋王登帝位。"至长安,赦至,果符其言,遂以闻。明年五月十三日,白龙见池中,长数丈,东乡吐云,云白色,自辰至午而没,见者数千人,郡以闻,遂下诏封显圣王,增修祠宇。先是,泾州界有湫,方四十里,水停不流,冬夏不增减,水清澈,不容秽浊,或有喧污,辄兴云雨。岁旱,土人多祈雨于此,传云龙之所居。《汉书·郊祀志》云:"春祠官所领湫渊,安定朝那者是也。"其后屡称湫有灵应,朝那无闻焉。而天下山川限曲,亦往往有之,皆神龙之所蟠蛰。建州浦城县福罗山有龙潭,岁旱,土人祀之,或投铁,龙立致雨。《类苑》卷六十九

担夫顶有圆光

秘书丞程希道,庆历中,为果州判官。遇提刑按部,率之同行。至南山中,日初出,薄雾未散,见一荷担夫,顶有紫光,圆径二尺许。召问之,云:"向于石罅中得一物,方数寸,色如紫玉,置头巾带中,不知其他。"取令他夫戴之,亦然,疑是昔人所炼之大丹。宪使以百钱易之。同上

李符知春州

卢多逊贬朱崖,谏议大夫李符适知开封府,求见赵普,言朱崖虽在海外,而水土无他恶,流窜者多获全。春州在内地而近,至者必死。望追改前命,亦以外彰宽宥,乃置于必死之地。普颔之。后月余,符坐事贬宣州行军司马,上怒未已,令再贬岭外,普具述其事,即以符知春州,到郡月余卒。《类苑》卷七十四

穆　　修

文章随时风美恶,咸通已后,文力衰弱,无复气格。本朝穆修,首

倡古道,学者稍稍向之。修性褊忤少合,初任海州参军,以气陵通判,遂为捃摭,贬籍系池州,其集中有《秋浦会遇》诗,自叙甚详。后遇赦释放,流落江外。赋命穷薄,稍得钱帛,即遇盗,或卧病,费竭然后已,是故衣食不能给。晚年得《柳宗元集》,募工镂板,印数百帙,携入京相国寺,设肆鬻之。有儒生数辈,至其肆,未评价直,先展揭披阅,修就手夺取,瞋目谓曰:"汝辈能读一篇,不失句读,吾当以一部赠汝。"其忤物如此。自是经年不售一部。同上

交 州 驯 象

景德中,交州黎桓献驯象四,皆能拜舞山呼中节,养于玉津园。每陈卤簿,必加莲盆严饰,令昆仑奴乘以前导。《晋·舆服志》有象车以试桥梁,亦古制也。《类苑》卷七十七

交 州 占 城 驯 犀

淳化中占城国、景德中交州黎桓,并以驯犀为献。性绝躁,留养苑中,数日死。大中祥符中,交州复献驯犀,至海岸,诏放还本国,令遂其性。同上

高 丽 王 论 中 国 族 望

高丽自五代以来,朝贡不绝,朝廷每加爵命,必遣使以奖之。故吕相国端、吕侍郎文仲、祐之,皆相继为使。三人者,皆宽厚文雅,有贤者之风。如孔维辈,或朴鲁,举措为其所哂,或贪猥,不能无求索,甚辱朝命。后刘式、陈靖至其国,国王王治者,因语及中国族望,必有高下,如唐之崔、卢、李、郑。式等言,但以贤才进用,亦不论族姓。治曰:"何姓吕者多君子也?"盖斥言三吕,亦因以警使者。同上

高丽求赐板本九经

高丽国王王治上言,愿赐板本九经书以夸示外国,诏给之。同上

契丹邪律某诗

北虏中,多有图籍,亦有文雅相尚。王矩为工部郎中,本燕人,为虏将邪律忘其名。掌其书记,常从其出入。邪律兄及兄之子,太平兴国中,战没于代郡。后邪律经旧战处,览其迹,悲涕作诗,记其两句云:"父子并随龙阵没,弟兄空望雁门悲。"《类苑》卷七十八

耶律琮求通好书

开宝中,虏涿州刺史耶律琮遗书于我雄州刺史孙全兴,求通好曰:"兵无交于境外,言即非宜;事有利于国家,事之亦可。"其文采甚足观。同上

高　　昌

高昌国,唐以车师前王庭地所置西州也。自安史之乱,复陷西戎。太平兴国中,遣使来贡,命供奉官王延德报聘,往复数载。其国无雨,人皆以白垩涂屋以居,尝雨数寸,室庐皆坏。有敕书楼,藏唐朝格律敕诏。开元九年三月九日寒食,至今用之。延德后为度支使、舒州团练使。同上

潞 州 李 筠

潞州节度使李筠谋反,其长子涕泣切谏,不听,使其长子入朝,且诇朝廷动静。太祖迎谓曰:"太子! 汝何故来?"其子以头击地,曰:

"此何言？必有谗人谤臣父耳。"上曰："吾亦闻汝数谏争，老贼不听汝耳。汝父使汝来者，不复顾惜，欲杀之耳。吾今杀汝何为？归语汝父，我未为天子时，任自为之。我既为天子，汝独不能少让之耶？"其子归，具以白筠。筠反，有僧素为人所信向，筠乃召见，密谓之曰："吾军府用不足，欲借师之名以足之，吾为师作维那教化钱粮各三十万，且寄我仓库，事毕之日，中分之。"僧许诺，乃令僧积薪，坐其上，克日自焚。筠穿地道于其下，令通府中，曰："至日，走归府中耳。"筠乃与夫人先往，倾家财尽施之，于是远迩争以钱粮馈之，四方辐凑，仓库不能容，旬日，六十万俱足。筠乃塞其地道，焚僧杀之，尽取其钱粮，遂反，引军出泽州。车驾自往征之，山路隘狭，多石，不可行。上自于马上抱数石，群臣六军皆负石，即日开成大道。筠战败于境上，走入泽州，围而克之，斩筠，遂屠泽州。进至潞州，其子开城降，赦之。同上

侯　舍　人

太宗末年，关中群盗有马四十匹，常有怨于富平人，至必屠之，驱略农人，使荷畚锸随之。曰："吾克富平，必夷其城郭。"富平人恐，群诣荆姚，见同州巡检侯舍人告急。舍人素有威名，率众伏于邑北，群盗闻之，舍富平不攻而去，舍人引兵于邑西邀之，令士皆传弩，戒勿得妄发，曰："贼皆有甲，不可射，射其马，马无具装。又劫略所得，非素习战也，射之必将惊溃。"既而合战，众弩俱发，贼马果惊跃散走，纵兵击之，俘斩略尽。余党散入他州，巡检获之，自以为功，送诣州邑，盗固称我非此巡检所获，乃侯舍人所获也。巡检怒，自诣狱责之，曰："尔非我获而何？"盗曰："我昔与君遇于某地，君是时何不擒我邪？我又与君遇某地，君是时弃兵而走，何不擒我邪？我为侯舍人所破，狼狈失据，为君所得，此所谓败军之卒，举帛可扑，岂君智力所能独辨邪？"巡检惭而退。同上

室　　种

室种者,虏相昉之子,来奔于我。以为诸卫将军、领刺史、西京巡检。种好驰逐射猎,洛中水竹尤胜,种常语人曰:"洛阳大好,但苦于园林水竹交络翳塞,使尽去之,斯可以击兔伐孤,差足乐耳。"同上

论 义 山 诗

义山诗包蕴密致,演绎平畅,味无穷而炙愈出,钻弥坚而酌不竭,使学者少窥其一斑,若涤肠而浣骨。《韵语阳秋》卷二

鸭 能 人 言

陆龟蒙居笠泽,有内养自长安使杭州,舟经舍下,弹绿头鸭,龟蒙遽从舍出大呼云:"此绿鸭有异,善人言,适将献天子,今将此死鸭以诣官。"内养少长宫禁,信然,厚以金帛遗之,因徐问龟蒙曰:"此鸭何言?"龟蒙曰:"常自呼其名。"内养愤且笑,龟蒙还其金,曰:"吾戏耳。"《苕溪渔隐丛话》后集卷二十七

太 宗 谒 安 陵

上自西京还,乃谒安陵。《长编》卷十七

审 刑 房

审刑院本中书刑房,宰相所领之职,于是析出。《长编》卷三十二

用其长护其短

太祖常与赵普议事不合,太祖曰:"安得宰相如桑维翰者与之谋乎?"普对曰:"使维翰在,陛下亦不用,盖维翰爱钱。"太祖曰:"苟用其长,亦当护其短,措大眼孔小,赐与十万贯,则塞破屋子矣。"《五朝名臣言行录》卷一　孔平仲《谈苑》卷四亦有此条。

后主赐近臣黄金

金陵之陷,后主以藏中黄金分赐近臣办装,张佖得二百两,诣曹彬自陈不受,愿奏其事,彬以金输官而不以闻。《五朝名臣言行录》卷一

钱若水全进退之道

至道初,吕蒙正罢相,以仆射奉朝请,上谓左右曰:"人臣当思竭节以保富贵。吕蒙正前日布衣,朕擢为辅相,今退在班列寂寞,想其目穿望复位矣。"刘昌言曰:"蒙正虽骤登显贵,然其风望不为忝冒。仆射师长百僚,资望崇重,非寂寞之地,且亦不闻蒙正之郁悒也。况今岩穴高士,不求荣达者甚多,惟若臣辈,苟且官禄,不足以自重耳。"上默然。又尝言:"士大夫遭时得位,富贵显荣,岂得不竭诚以报国乎?"钱若水言:"高尚之人,固不以名位为光宠,忠正之士,亦不以穷达易志操,其或以爵禄恩遇之故而效忠于上,此中人以下者之所为也。"上然之。及刘昌言罢,上问赵镕等曰:"频见昌言否?"镕等曰:"屡见之。"上曰:"涕泣否?"曰:"与臣等谈,多至流涕。"上曰:"大率如此,当在位之时,不能悉心补职,一旦斥去,即汍澜涕泗。"若水曰:"昌言实未尝涕泣,镕等迎合上意耳。"若水因自念,上待辅臣如此,盖未尝有秉节高迈,不贪名势,能全进退之道,以感动人主,遂贻上之轻鄙,将以满岁移疾,遂草章求解职,会晏驾,不果上。及今上之初年,再表逊位,乃得请。《五朝名臣言行录》卷二

太宗厚遇李昉

李昉文正公,太宗遇之甚厚,年老罢相,每赐宴,必先赴座,尝献诗曰:"微臣自愧头如雪,也向钧天侍玉皇。"《翰苑新书》后集卷十九

南唐帑藏丰盈

南唐保有江淮,帑藏颇盈,德昌宫其外府也,金帛货泉多在焉。《舆地纪胜》卷十七

淮 南 道 院

通州南阻江,东北濒海,士大夫罕至,民居以鱼盐自给,不为盗贼,讼稀事简,仕宦者最为逸,士大夫号通州为淮南道院。《舆地纪胜》卷四十三

检 书 苍 头

本朝石元懿熙载游富阳,道中遇一叟,熟视之,曰:"真太平良弼也。吾幼为唐相房玄龄检书苍头,公酷如房公。"语讫即灭。太宗朝,石为左仆射。《锦绣万花谷》前集卷二十三

凤 阁 王 家

唐王易从昆弟四人,开元中,三至凤阁舍人,故号"凤阁王家"。同上

王延范误惑于术人

广西转运使王延范本江陵贵家子,又富于财,尝以豪杰自许,精

于卜者如刘昂则许之曰："君素有偏方王霸之分。"精于算者如徐肇则许之曰："君当八少一,当大贵不可言。"精于风鉴者如田辨则许之曰："君形如坐天王,眼如嚬伽,鼻如仙人,耳如雌龙,望视如虎,当大有威德。"延范皆然之,不知其言之不足据也。于是日益矜负,因寓书左拾遗韦务升,作隐语讽朝廷事,为人所告,鞠实抵罪,籍没其家,藁葬南海城外,然则三子向者之说果安在哉!大抵术人谬妄,但知取悦一时,不知误惑于人,其祸有至于如此者。《乐善录》卷上

罗 江 犬

淳化中,(绵)州贡罗江犬,常循于御榻前,太宗不豫,犬不食,及上仙,号呼涕泗,以至疲瘵,见者陨涕。参政李至作《桃花犬歌》,以寄钱若水,末句云："白麟赤雁且勿书,愿君书此警浮俗。"《方舆胜览》卷五十四

以蜥蜴求雨

魏庠言:昔游关中佛寺,值村民祈雨,沙门有善胡法者,求得蜥蜴十数,置瓮中,以树叶渍水,童男数人持柳枝咒曰："蜥蜴蜥蜴,兴云吐雾,雨今滂沱,放汝归去。"咸平初,余守缙云,适闵雨,用此有验,具奏其事。蜥蜴盖龙类也。《苏文忠诗合注》卷十五施注

给 诰 侍 母

鱼崇谅为学士,周祖革命,所下诰令,皆其词也,甚得典诰之体。以母病再求解职,给长诰,赐其母衣服缯帛,茶药缗钱。百日满,令本州月给钱三万,米面五十石,屡遣使存问。俄拜礼部侍郎,充学士,令伏侍归阙。《永乐大典》卷一〇八一二第一七页

王延范顶戴金像

初王延范通判梓州，有妖人称先生，以左道惑众，尝语延范曰："有急当相救。"延范铸黄金为其像，常顶戴之。《永乐大典》卷一八二二三第一四页引《杨内翰谈苑·恶成篇》

王彦超致仕

王彦超历数镇节制，罢为金吾上将军，与李昉、宋白善。一日，昉、白诣之，时彦超年六十九岁，谓昉、白曰："人言七十致仕，出何书？"昉曰："《礼》大夫七十而致仕，若不得谢，赐之几杖，杖于朝，盖筋力尚可从政，时君所赖也。"彦超曰："我前朝旧臣，于时无用，岂可食爵位而昧廉耻。"遂托白草求致仕表，来年假开日之上。再表得请，以太子太保致仕，给上将军俸。居常白衣出入故旧家，仆从简省，无童骑，惟嗜张进酒、软骨鱼，语亲旧曰："有此二物，吾当不召自往矣。"张进者，建州人，隶内酒坊，善酿，味绝美，品在法酒之亚，善饮者多好之。《宋会要辑稿》职官七七之二九

聪明绝人

阮思道子昌龄，长不满三尺，丑陋吃讷。其聪明绝人，善属文，年十八，海州试《海不扬波赋》，即席一笔而成，文不加点。其警句云："收碣石之宿露，敛苍梧之夕云。"又云："三山神阙，湛清影以遥连；八月灵槎，泛寒光而静去。"全篇皆类此，人多讽诵，真奇才也。《永乐大典》卷二九九九第二至三页

愿代女死

陈国夫人耿氏，太宗乳母也，生秦王廷美。初宣祖总兵，以燕国

公主嫁军国小校，会队长外戍谋叛，营中无长少皆籍名当诛，太后爱其女，忧恼不知为计，耿氏曰："愿代大女死。"即盛饰跨驴以黄帕冒首，太祖自御以入，留处舍内，燕国乘驴而出。太后先以厚赂抱关卒，当其出为他卒所见，犹呵诘，挝趁疾驱得免。会尽赦营中死，耿氏卒无恙。《永乐大典》卷一〇三一〇第一七页

后 山 谈 丛

[宋] 陈师道　撰

李伟国　校点

校 点 说 明

 《后山谈丛》，宋陈师道（1053—1102）撰。师道字履常，一字无己，号后山居士。徐州彭城（今江苏徐州）人。少时学文于曾巩，元祐初为徐州教授，曾退居彭城多年，元符三年召为秘书省正字，逾年卒。师道为江西诗派有代表性的诗人，散文成就虽不及诗歌，而行文简严密栗，仍不失为北宋巨手，著有《后山集》。

 《后山谈丛》对北宋史事人物，着墨最多，如关于澶渊之役及宋与契丹、西夏之和战，所记即达十几条，卷一录寇准上真宗书一篇，较它书所载完整，洵足宝贵。由于师道同曾巩、苏轼等人有特殊的关系，以及熙宁、元丰、元祐之间朝廷政治斗争的影响，《谈丛》对富弼、韩琦、司马光、曾巩、苏轼、刘敞等人语多称颂，而对吕夷简、丁谓、夏竦、包拯、王安石等人则每含讥刺。南宋时，有人对此书的真伪和价值发生了怀疑。然《后山集》前有师道门人魏衍附记，称"《谈丛》、《诗话》各自为卷"，洪迈《容斋随笔》摘《谈丛》记事四条，以为"皆爽其实"，均可证《谈丛》非他人赝托。洪迈的评价，又得到了周必大的认同，谓《谈丛》"多失轻信"（《与汪季路司业书》）。同时的朱熹，看法与洪、周不同，以为"若《谈丛》之书，则记事固有得于一时传闻之误者，然而此病在古虽迁、固之博，近世则温公之诚，皆所不免，况于后山"（《答周益公书》）？北宋中后期，名士大夫撰写笔记之风盛行，至南宋初，秦氏当国，屡禁私史，许人告，于是有些人就乘机摘发对自己不利的记载，并怀疑某些笔记的真实性，《后山谈丛》未能幸免。除了北宋史事人物之外,《谈丛》于书法绘画、笔墨纸砚、水利农事、佛徒道流以至奇闻异物等等,亦有不少记载,颇有价值。

《后山集》自明弘治马暾刊本始收入《谈丛》,现存最早的单行本是明陈继儒辑入《宝颜堂秘笈》的四卷本。两本的卷次、分条及文字差异很大,错讹衍脱极多。清代著名学者何焯,曾以嘉靖以前旧抄本及毛氏所藏抄本校弘治本,补正脱误。近代张钧衡收得过临何焯校之旧抄本,刻入《适园丛书》。现即以《适园丛书》本《后山集》中的《谈丛》为底本,校以他本他书进行整理,凡底本确实有误的,径改不出校。原书各条无标目,现为之拟题。

目　　录

卷五

卷六

卷一

澶渊之役一

契丹侵澶，莱公相真宗北伐，临河未渡。是夕，内人相泣。明日，参知政事王钦若请幸金陵，枢密副使陈文忠公尧叟请幸蜀。真宗以问公，公曰："此与昨暮泣者何异！"议数日不决，出遇高烈武王，而谓之曰："子为上将，视国之危不一言，何也？"王谢之。乃复入，请召问从官，至皆默然。杨文公独与公同，其说数千言，真宗以一言折之曰："儒不知兵！"又请召问诸将，王曰："蜀远，钦若之议是也。上与后宫御楼船浮汴而下，数日可至。"殿上皆以为然，公大惊色脱。王又曰："臣言亦死，不言亦死，与其事至而死，不若言而死。今陛下去都城一步，则城中别有主矣！吏卒皆北人，家在都下，将归事其主，谁肯送陛下者？金陵可到邪？"公又喜过望，曰："琼知此，何不为上驾邪！"王乃大呼："逍遥子！"公掖真宗以升，遂渡河而成功。钦若愧其议，谗于真宗曰："寇准孤注子尔！"博者谓穷而尽所有以幸胜为孤注，言以人主而一决也。

澶渊之役二

澶渊之役，真宗欲南下，莱公不可，曰："是弃中原也。"又欲断桥，因河而守，曰："是弃河北也。国之存亡在河北，不可弃也。"

澶渊之役三

澶渊之役，所下一纸书尔：州县坚壁，乡村入保，金币自随，谷不可徙，随在瘗藏，寇至勿战。故房虽深入而无得，方破德清一城，而得不补失，未战而困。

澶渊之役四

真宗既渡河，遂幸澶渊之北门。望见黄盖，士气百倍，呼声动地。兵既接，射杀其帅顺国王挞览，虏惧，遂请和。

澶渊之役五

澶渊之役，诏诸道会兵而合击。既和，纵其去。又诏诸将按兵，遣使监杨延朗。时虏使在馆，既谕旨，遽曰："请遣中官，贵诸将取信也。"而虏亦请使送款，遂以全归，怀之至今。

澶渊之役六

澶渊之役，真宗使候莱公。曰："相公饮酒矣！""唱曲子矣！""掷骰子矣！""鼾睡矣！"

澶渊之役寇准上真宗书

莱公既逐死，家无遗文。嘉祐中始得奏章一纸，忧其复失而并记之，使后者有考焉。曰：臣奉圣旨擘画河北边事及驾起与不起、如起至何处者。一、近边奏契丹游骑已至深、祁，窃缘三路大军见在定州，魏能、张凝、杨延朗、田敏等又在威虏军等处，东路深、赵、贝、冀、沧、德等州别无大军驻泊，必虏契丹渐近东南下寨，轻骑打劫，不惟老小惊骇，便恐盗贼团聚，直至大名府以来，人户惊移。若不早张军势，窃恐转启戎心。臣乞先那起天雄军马万人，令周莹、杜彦钧、孙全照将领往贝州驻泊，或恐天雄军少，且起五千人，只令孙全照部辖，若虏骑在近，即近城觅便袭击，兼令间道将文字与石普、阎承翰照会掩杀，及召募强壮入虏界，烧荡乡村，仍照管南北道，多差人探候契丹，次第

闻奏,及报大名。一则贵安人心;二则张军势以疑敌谋;三则边将闻
王师北来,军威益壮;四则与邢、洺不远,成犄角之势。一、随驾诸
军,扈卫宸居,不可与犬戎交锋原野,以争胜负。天雄至贝,军士不过
三万人,万一契丹过贝下寨,游骑益南,即须那起定州军马三万以上,
令桑赞等结阵南来镇州,及令河东雷有终将兵出土门路与赞会合,相
度事势紧慢,那至邢、洺,方可圣驾顺动,且幸大名,假万乘之天声,合
数路之兵势,更令王超等于定州近城排布,照应魏能、张凝、杨延朗、
田敏等,作会合次第及依前来累降指挥牵拽。一、恐契丹置寨于真、
定之间,则定州军马抽那不起,邢、洺之北,游骑侵掠,大名东北县分,
老小大段惊移,须分定州三路精兵,令在彼将帅会合,及令魏能、张
凝、杨延朗、田敏等渐那向东,傍城寨牵拽。如此,则契丹必有后顾之
忧,未敢轻议悬军深入。若车驾不起,转恐夷狄残害生灵,如蒙允许,
亦须过大河,且幸澶渊,就近易为制置会合,兼控扼津梁。右臣叨列
宰司,素无奇略,既承清问,合罄鄙诚。伏惟皇帝陛下,睿知渊深,圣
猷宏远,固已坐筹而决胜,尚能虚己以询谋,兼彼犬戎颇乏粮糗,虽恃
腥膻之众,必怀首尾之忧,岂敢不顾大军,但图深入?然亦虑其凶狡,
须至过有防虞。烦黩天威,伏增战栗。

富弼使契丹

始讲和,虏使韩杞匿其善饮,曰:"两国初好,数杯之后,一言有
失,所误非细。"后使姚柬之,既去而顾,手颡再三,是以知虏之情也。
姚柬之曰:"宋之事力,契丹之士马皆盛,然北军用于阻隘,不能敌南;
平原驰突,南军亦不能支也。"庆历二年,西羌盗边,战未解,契丹保境
使请关南十县之地及昏。丞相申公使其党御史中丞贾文元公馆之,
许昏与加赐使择焉,而遣知制诰富韩公谕意。既见问故,虏主曰:"宋
塞雁门、广塘水、缮城隍、籍民兵,非违约邪?群臣亟请用兵,孤谓不
若求地也。"公曰:"契丹忘章圣之大德乎?澶渊之役,使从众,契丹无
还者,宁有今日耶?且契丹之所欲,战尔,战非契丹之利也。从古至
今,夷狄得志于中国,惟晋氏尔。方是时,主弱而愚,国小而贫,政刑

不修,命令不行,百姓内溃,诸将外叛,故契丹能得志。然土地不守,子女玉帛归于臣民,契丹盖无得也。而人畜械器,亡者大半,故德光死,述律怒不肯葬,曰:'待我国中人马如故,然后葬汝!'战而胜,其害如此,况不胜邪!今契丹与宋好,岁得金缯数十万,入于府库,国之利也。故和则上得其利,战则下得其利,上受其弊。故契丹之臣,皆愿解和而构战,与国争利,奈何舍己之利以利人邪?"主大悟,点首久之。公复曰:"塞雁门以备羌,塘始于何承矩,事在约前;地卑水聚,岁久则广;城隍完故,民兵补缺,非违约也。晋遗卢龙,周取关南,皆异代事。若按图而求旧,岂契丹之利也哉!皇帝以兼爱为心,守祖宗之约,不愿用兵,顾兄弟之义,不欲违情,而为天保民,为先保土,不得以与人。谓契丹乏金币,岁遗以永誓好。古者敌国有无相通,必皆欲背约绝好而加兵,宋安得而避哉!且澶渊之盟,天地临之,其可欺乎!"乃请昏,公曰:"兄弟之国,礼不通昏,男女之际,易以生隙,且命修短不可期,不若岁币之久也。"始,契丹请婚,欲因以多求,及公固拒,群议未决而难其久,又谓空言无实,使归取誓书。及再至,定增岁币二十万。始,契丹一请,宰相遽塞以二事,且使自择,遂以为怯,有轻宋心,欲以增币为"献"与"纳",公不可,曰:"此下事上,臣事君,乃非敌国之礼也。且章圣已有岁遗,不为此名,货非国之轻重,鄙而失国,古虽小亦不为也。"主曰:"古有之,何独吝邪?"公曰:"古惟唐高祖臣事突厥,假其兵而取隋,则或有之;及太宗禽颉利、突利两可汗,宁复有邪!"主不语,其臣刘四知侍,退数步。公又曰:"石晋亦因契丹而得国,不惟称臣,亦父事之,或可用此。今宋与契丹,无唐、晋之援,而为敌国,岂有此邪!"将退,主曰:"卿谓孤故作此一节必不可事,岂非不欲保和邪!孤实无此意,卿归勿为此言,恐误宋大事耳。"于是留誓书。而使以誓书来,且求"献纳",公上奏曰:"臣既以死拒之,虏气折矣,可勿复许,虏无能为也。"仁宗从之。

富弼再使契丹

韩公再使,将见,契丹曰:"主将为公使不能久,有言可即道。"公

恐虏使来遂以为例。数请对,曰:"吾不敢也,当与君议于馆尔。"契丹
刘六符贵用事,建议割地。及馆客,怒谓韩公曰:"公为主言'诸臣利
于用兵,不为国计',六符岂欲间两国邪?"公曰:"君宁出此,顾余人为
之尔。如宋不过弱数辈不欲战尔,其以战说者何限!"六符既喜且惧,
然终以此得罪也。

澶渊之役七

契丹犯澶渊,急书日至,一夕凡五至,莱公不发封,谈笑自如。明
日见同列以闻,真宗大骇,取而发之,皆告急也,又大惧,以问,公曰:
"陛下欲了欲未了耶?"曰:"国危如此,岂欲久耶!"曰:"陛下欲了,不
过五日尔。"其说请幸澶渊。真宗不语,同列惧,欲退,公曰:"士安等
止候驾起,从驾而北。"真宗难之,欲还内,公曰:"陛下既入,则臣不得
到又不得见,则大事去矣!请无还内而行也。"遂行,六军百司,追而
及之。

东都曹生评范纯仁司马光

东都曹生言:"范右相既贵,接亲旧情礼如故,他亦不改,世未有
也。然体面肥白洁泽,岂其胸中亦以为乐邪?惟司马温公枯瘦自如,
岂非不以富贵动其心邪!"

王安石改科举之失

王荆公改科举,暮年乃觉其失,曰:"欲变学究为秀才,不谓变秀
才为学究也。"盖举子专诵王氏章句,而不解义,正如学究诵注疏尔。
教坊杂戏,亦曰"学《诗》于陆农师,学《易》以跛切于龚古勇切深之",盖讥
士之寡闻也。

王无咎黎宗孟为王氏学无自得

王无咎、黎宗孟皆为王氏学,世谓黎为"模画手",一点画不出前人,谓王为"转般仓",致无赢余,但有所欠。以其因人成能,无自得也。

杨绘易学渊源

杨内翰绘云:"庄遵以《易》传扬雄,雄传侯芭,自芭而下,世不绝传,至沛周郂,郂传乐安任奉古,奉古传广凯,凯传绘。"所著《索蕴》,乃其学也。

包拯自御史三司使入枢府

张某公昇以御史为执政,包孝肃公代之,建言:"台官不迁二府,无所幸望,则尽言矣。"张文定公方平为三司使,孝肃极言其失,遂罢归院。宋景文公代为使,文定亦为上言:"故事:执政用三司使、知开封府与御史中丞耳。包拯自府入台,又言台官不为执政,所可假以进者,惟三司尔。极力攻臣,冀得其处。而用宋祁,其势必复攻祁,不遂与之,则三司使无其人矣!"孝肃逐景文公而代之,遂迁西府。孙文节公抃自西府迁右省,御史韩缜言其不可,仁宗曰:"御史谓谁可参知政事者?"韩素不经意,卒然对曰:"包拯可。"仁宗熟视而笑曰:"包拯非昔之包拯矣!"

李师中改保安军牒

延帅阙,李诚之以幕府行使事。夏国宥州牒保安军,"故事:岁赐尽明年六月乃毕,缓不及事,请以岁终为限。"幕府以闻,枢密院牒草报如约,李易其草报如故事。遂上奏曰:"夷狄之欲无厌,许之不足为恩,而长其贪,且示之弱,而人不堪其转输之劳矣。"枢密使夏竦劾李擅改制书,遣吏部郎讯,李曰:"改保安军牒,非制书也。"竦不能屈,虏亦不敢复请。

某公恶韩富范三公

某公恶韩、富、范三公,欲废之而不能。军兴,以韩、范为西帅,遣富使北,名用仇而实闲之。又不克军罢而请老,尽用三公及宋莒公、夏英公于二府,皆其仇也。又以其党贾文元公、陈恭公间焉,犹欲因以倾之。誉范、富皆王佐,可致太平,于是天子再赐手诏,又开天章阁,而命之坐,出纸笔使疏时政所当因革,诸公皆推范、富,乃请退而具草。使二宦者更往督之,且命领西北边事。既而各条上十数事,而易监司、按群吏、罢磨勘、减任子,众不利而谤兴。又使范公日献二事以困之,而请城京师,人始笑之。初,某公每求退以俟主意,常未厌而去,故能三入,及老,大事犹问。西北相攻,请出大臣行三边。于是范公使河东、陕西,富公使河北。初,某既建议,乃数出道者院宿焉,范公既奉使,宿道者院而某在焉。宾退,使人致问,范公往见之,某佯曰:"参政求去邪?"范公以对,某曰:"大臣岂可一日去君侧,去则不复还矣!今万里奉使,故疑求去耳。"范公私笑之。久而觉报缓而请不获,召堂吏而问曰:"吾为西帅,每奏即下,而请辄得。今以执政奉使,而请报不迨,何也?"曰:"某别置司专行鄜、延事,故速而必得耳。"范公始以前言为然,乃请守边矣。而富公亦不还,韩又罢去,而贾、陈相矣。及某薨,范公自为祭文,归重而自讼云。

卷二

苏黄善书不悬手

苏、黄两公皆善书,皆不能悬手。逸少非好鹅,效其宛颈尔,正谓悬手转腕。而苏公论书,以手抵案使腕不动为法,此其异也。

善书不择纸笔

善书不择纸笔,妙在心手,不在物也。古之至人,耳目更用,惟心而已。

王屋天坛玉镜

王屋天坛,道书云黄帝礼天处也。坛之方隅陈八玉镜,而儒者疑焉。元丰中,有登天坛得方玉如镜,濮阳杜毅主王屋簿,亲见之云。

某贵人不知有自智

余与贵人语,偶当其心,明日使人来求异书。士不知有自智,专谓出于卷册之间,良可悲也。

张旭悟笔法

张长史见担夫争道而得笔法,观曹将军舞剑又得其神,物岂能与人巧,乃自悟之因尔。

洮 水 之 鱼

胡人猎而不渔，熙宁中，官军复熙河，洮水之鱼浮，取之如拾，久而鱼潜。治世可俯鸟巢，惟不暴尔。至人入鸟兽不乱群，行之著也。

燕肃悟指南车法

龙图燕学士肃悟木理，造指南车不成，出见车驰门动而得其法。

王 晃 悟 针 法

蜀人王晃，为举子《诗》义"左之右之，君子宜之"而悟针法。规矩可得其法，不可得其巧，舍规矩则无所求其巧矣。法在人，故必学，巧在己，故必悟。今人学书而拟其点画，已失其法，况其巧乎！

寇昌龄论砚墨

寇昌龄嗜砚墨得名，晚居徐，守问之，曰："墨贵黑，砚贵发墨。"守不解，以为轻己。嗟乎，世士可与语邪？

欧 阳 修 像

欧阳公像，公家与苏眉山皆有之，而各自是也。盖苏本韵胜而失形，家本形似而失韵，夫形而不韵，乃所画影尔，非传神也。

丁 　 推

唐令：民年二十为丁，其下为推。宋次道曰："推者，椎也，避高宗讳，阙而为推也。"缙叔曰："推者，椎也，独髻为椎，传者误尔。"盖唐人不讳嫌，梁氏之父茂，始以戊为武，温嗜杀，人畏之，并讳其嫌耳。夫人少而分髻，长则合而未冠，今人犹然。缙叔是也。

王太初论为室当户牖疏达

道士王太初，受天心法治鬼神，有功于人。尝谓为室当使户牖疏达，若四壁隐密，终为鬼所据耳。

孔林无枳棘

唐魏郑公、狄梁公、张燕公墓棘直而不歧，世以为异，而孔林无枳棘也。

论　墨　一

秦少游有李廷珪墨半丸，不为文理，质如金石，潘谷见之而拜曰："真李氏故物也，我生再见矣！王四学士有之，与此为二也。"墨乃平甫之所宝，谷所见者，其子游以遗少游也。又有张遇墨一团，面为盘龙，鳞鬣悉具，其妙如画，其背皆有"张遇麝香"四字。潘墨之龙，略有大都耳，亦妍妙，有纹如盘丝，二物世未有也。语曰："良玉不琢。"谓其不借美于外也。张其后乎。供备使李唐卿，嘉祐中以书待诏者也，喜墨，尝谓余曰："和墨用麝欲其香，有损于墨，而竟亦不能香也。不若并藏以熏之。"潘谷之墨，香彻肌骨，磨研至尽而香不衰。陈惟进之墨，一箧十年，而麝气不入，但自作松香耳。盖陈墨肤理坚密，不受外熏，潘墨外虽美而中疏尔。

论　墨　二

南唐于饶置墨务，歙置砚务，扬置纸务，各有官，岁贡有数。求墨工于海东，纸工于蜀，中主好蜀纸，既得蜀工，使行境内，而六合之水与蜀同。李本奚氏，以幸赐国姓，世为墨官云。唐之问，质肃公之子，有墨曰"饶州供进墨务官李仲宣造"，世莫知其何。子颇有家法，以遗黄鲁直，鲁直以谓不迨孙氏所有。而予谓过之。陈留孙待制家有墨半铤，号称廷珪，但色重尔，非古制也。

杨山人相蔡确黄好谦

蔡新州确、黄大夫好谦为陈诸生，闻杨山人之善相人也，过使相之，曰："蔡君宰相也，似丁晋公，然丁还而君死也。黄君一散郎尔，然家口四十，则蔡贬矣。"元丰末，蔡为相，黄由尚书郎出为蔡州，过蔡而别，问其家，曰："四十口矣。"蔡大骇曰："杨生之言验矣！"其后有新州之祸。

夏竦相庞籍

外大父颍公，初为黄州参军，事夏英公。公喜相人，谓颍公曰："吾使相尔，而君真相也。"视其手曰："虽贵而贫，不如吾也。"出其手，突如堆阜，曰："此大富之相也。"

野处相李生

野处，潞之异人也，金乡李生将赴试，问得失焉。曰："两贯、四贯，巡辖马递铺。"皆莫测也。李有田于莘，过之，及门，息于厩，置壁下有钱二千，以二伯为陌，有榜曰"巡辖马递铺"，问之，乃田者所纳课也。李始悟其言，而果黜焉。

洛阳牡丹金带围当宰相

花之名天下者，洛阳牡丹，广陵芍药耳。红叶而黄腰，号"金带围"，而无种，有时而出，则城中当有宰相。韩魏公为守，一出四枝，公自当其一,选客具乐以当之。是时王岐公以高科为倅,王荆公以名士为属,皆在选,而阙其一,莫有当者。数日不决,而花已盛,公命戒客,而私自念:"今日有过客,不问如何,召使当之。"及暮,南水门报陈太博来,亟使召之,乃秀公也。明日酒半折花,歌以插之。其后四公皆为首相。

范琼赵承祐孙位画品

蜀人句龙爽作《名画记》,以范琼、赵承祐为神品,孙位为逸品,谓琼与承祐类吴生,而设色过之,位虽工,不中绳墨。苏长公谓:"彩色非吴生所为,二子规模吴生,故长于设色尔。孙位方不用矩,圆不用规,乃吴生之流也。"余谓二子学吴生,而能设色,不得其本,故用意于末,其巧者乎?

农　谚

谚曰:"甘草先生则麦熟,苦草先生则人疫。"甘草,荠;苦草,黄蒿也。又曰:"杏熟当年麦,枣熟当年禾。"又曰:"枣不济俭。"谓枣熟则岁丰也。谚曰:"行得春风有夏雨。"盖春之风数为夏之雨数,小大急缓亦如之。

张锷奇疾

秘书丞张锷,嗜酒得奇疾,中身而分,左常苦寒,虽暑月,巾袜袍裤纱绵相半。

王祥卧冰处

世传王祥卧冰求鱼以养母,至今沂水岁寒冰厚,独祥卧处阙而不合。

三 品 秀 才

章学士珉为布衣，以宰相自许，高盖大马，盛服群从而后出，润人谓之“三品秀才”。

验　镜

验镜视其鼻，鼻滑净如削者古，今人为之，必有高下。今人铸铁镜，陷铜为面，故明。

李卿先筑宅

光禄李卿先筑宅于卢，甃皆用砖，岁夏大雨，闸门及窦积水数尺，内外一洗而发去之。

王羲之大器晚成

唐人谓逸少天姿不及工用，故初不胜郗、庾，而暮年方妙。余谓不然。卫夫人见逸少学书，拊膺而叹曰：“后当胜己。”此岂无天姿者耶！而暮年方妙者，乃大器晚成尔。

獐 兔 豚

獐无胆，兔无脾，豚膂无筋。

相国寺楼门井亭

东都相国寺楼门，唐人所造，国初木工喻浩曰：“他皆可能，惟不解卷檐尔。”每至其下，仰而观焉，立极则坐，坐极则卧，求其理而不得。门内两井亭，近代木工亦不解也。寺有十绝，此为二耳。

陕 之 寺 居

陕之寺居多古屋，下柱不过九尺，唐制不为高大，务经久尔。行露亭用斗百余，数倍常数，而朱实亭不用一斗，亦一奇也。

鱼 行 随 阳

鱼行随阳，春夏浮而逆流，秋冬没而顺流，渔者随其出没上下而取之。

预 为 乱 备

唐末，岐、梁争长，东院主者知其将乱，日以菽粟与泥为土墼，附墙而墁之，增其屋木，一院笑以为狂。乱既作，食尽樵绝，民所窖藏为李氏所夺，皆饿死。主沃墼为糜，毁木为薪以免。陇右有富人，预为夹壁，视食之余可藏者干之贮壁间，亦免。

阎 见 贤 老 而 节 食

虞部阎见贤，老为容守，归而自如，曰："惟节食尔。"每食常欠三四分。初见部中老者，问而得之。

韩 幹 马

韩幹画走马，绢坏，损其足，李公麟谓："虽失其足，走自若也。"

客 相 欧 阳 修

六一为布衣，客相之曰："耳白于面，名则远闻；唇不贴齿，一生惹言语。"毁誉岂亦有命耶?

平陆故城走马台

齐之龙山镇,有平陆故城,高五丈四,方五里,附城有走马台,其高半之,阔五之三,上下如一,其西与南则在内,东北则在外也,莫晓其理。

方士为寇准治丹

寇莱公准,少尝为淮漕,有方士为治丹砂,用竹百二十尺而通其节,以器盛丹置其上而立之,半埋地中。于时才得六十尺竹,接而用之。始于岁之朔旦,尽岁而止,丹已融而堕器矣。

澄　心　堂

澄心堂,南唐烈祖节度金陵之燕居也,世以为元宗书殿,误矣。赵内翰彦若家有《澄心堂书目》,才二千余卷,有"建业文房之印",后有主者,皆牙校也。

杨行密补将校牒纸

余于丹徒高氏见杨行密节度淮南补将校牒纸,光洁如玉,肤如卵膜,今士大夫所有澄心堂纸不逮也。

开封剧盗言

开封常得剧盗,言富家难近,贮以柜箧,扃镉严固,贵家喜陈衣而架,有帕便可包覆。

夏竦异事

夏英公伏日供帐温室,戒客具夹衣,客皆笑之。既坐,体寒生粟。乃以漆斛渍龙皮也。酒半,取瓦砾蘸药水为黄金以娱客。

阮逸作伪书

世传《王氏元经薛氏传》、《关子明易传》、《李卫公对问》皆阮逸所著,逸以草示苏明允,而子瞻言之。

包鼎画虎

宣城包鼎,每画虎,埽溉一室,屏人声,塞门涂牖,穴屋取明。一饮斗酒,脱衣据地,卧起行顾,自视真虎也,复饮斗酒,取笔一挥,意尽而去,不待成也。

阎立本观僧繇画壁

阎立本观张僧繇江陵画壁,曰:"虚得名尔。"再往,曰:"犹近代名手也。"三往,于是寝食其下,数日而后去。夫阎以画名一代,其于张,高下间尔,而不足以知之。世之人强其不能而论能者之得失,不亦疏乎?

李公麟苏轼品画

李公麟云"吴画学于张而过之",盖张守法度而吴有英气也。眉山公谓:"孙知微之画,工匠手尔。"

欧阳修论书

六一公论书喜李西台，而《集古》不录张从申也。兵部秦玠、祠部李宗易，皆学于西台，名有师法。公为亳州，问秦西台何学，曰："张从申也，见之否邪？"曰："未也。"示之，曰："西台不及也。"

苏洵送石扬休北使引乃苏轼少时书

余于石舍人扬休家得苏明允送石北使引，石氏子谓明允书也。以示秦少游，少游好之，曰："学不逮其子，而资过之。"乃东坡少所书也。故尝谓书为难，岂余不知书，遂以为难邪？

卷三

金陵人解字

金陵人喜解字，习以为俗，曰"同田为富"、"分贝为贫"、"大坐为奎"_{音稳}。

黄巢解金陵

黄巢攻金陵，人说之曰："王毋以攻也，王名巢，入金陵则镞矣！"遂解去。

安　丰　塘

寿之安丰塘，楚相孙叔敖之所筑也，至今赖之。塘西有庙焉，塘上之木，花皆西向，子皆东向。

怀禅师讲师说

怀禅师每住持，必舍讲师说天台教，使其徒听焉。学其可废乎！

根　利　根　钝

唐人根利，一闻千悟，故大梅才得马祖一言，入山坐庵诸老之门，既悟，亦曰："得坐披衣，向后自看。"不复学也。今人根钝，闻一知一。故雪窦以古人初悟之语，为学者入道之门，谓之因缘，退而体究，谓之看话，更无言下悟理之质矣。复取古法而次第之，以为悟后析理之门,谓之陶汰,天衣宗之。而圆通非之,改用临济教门,盖用古责今也,而其徒多不见谛,后悔,亦复故云。

黄拨沙视墓

闽越黄拨沙善视墓,画地为图,即知休咎,故号"拨沙"。婺人有世患左目者,问之,曰:"祖坟有木,久则木根伤害其目,必发墓以去之。"既发,有根贯其左目,出之而愈。

乳医陈姬

宿乳医陈姬,年八十余,切脉知其生早晚,月则知日,日则知时。宿有两家就乳,切其左曰:"毋遽,是当夜生。"将就其右,左家疑之,不听也。曰:"是家当午而生,无妨也,过午则来日生矣。"复切之,曰:"初更两点,其时也,为母具食,听自便。"既多为备,使候时以报,扶母就蓐,即生。

宋绶为李昉夫人上寿

文正李公既薨,夫人诞日,宋宣献公时为从官,与其僚二十余人诣第上寿,拜于帘下,宣献前曰:"太夫人不饮,以茶为寿。"探怀出之,注汤以献,复拜而去。

襄阳玩瑁

襄阳承唐乱,地荒民散,林箊翳塞,常有四大龟负一小龟而行,或谓乘者为玩瑁云。

代北天池庙舍

代北界天池山,荒远,巡候不至,潘美节度河东,新庙舍,作脊记,岁遣府倅祀之，率常惮行，后竟罢之。契丹始治室易记，久之来议界，举知其然，而莫能夺也。

血　　色

生血皆赤，怒心之所出也。赤，火色，其性躁，故象之。二乘四果，其白如乳，出于净心。而鲨血碧，鰕蛤无血，其故何也？

御厨神猪

御厨不登彘肉，太祖尝畜两彘，谓之神猪。熙宁初罢之。后有妖人登大庆殿，据鸱尾，既获，索彘血不得，始悟祖意，使复畜之。盖彘血解妖术云。

茶　　品

茶，洪之双井，越之日注，登、莱鳆鱼，明、越江瑶柱，莫能相先后，而强为之第者，皆胜心耳。

石　决　明

石决明，登人谓之鳆鱼，明人谓之九孔螺。

牡蛎固气蚶子益血

牡蛎固气，蚶子益血，盖蛤属惟蚶有血。

作　坊　门

熙宁中，作坊以门巷委狭，请直而宽广之，神宗以太祖创始，当有远虑，不许。既而众工作苦，持兵夺门，欲出为乱，一老卒闭而拒之，遂不得出，捕之皆获。

郊城民妻二十一子双生者七

郊城民妻有二十一子，而双生者七。

善乡市吏垂乳流潼

寿之善乡，市吏垂乳，流潼如乳妇。

宰相项安节

神宗尝梦入大府，有植碑，以金填字，曰"宰相项安节"。寤而求之，乃太学生也。慈圣解之曰："项安节即吴充也。"于是正宪公为相，颈有瘤焉，而项生布衣至今。

方通梦兆

朝散郎方通罢官还乡，梦至政事堂，尚书左丞黄履素知通，独起迎语曰："萧洒，萧洒。"遂去。通前，诸公语如黄。既寤，莫测也。既而得官校理，满任得知睦州，是岁建中元年，黄以疾去久矣。往谢执政，范右丞纯礼曰："先公尝守睦，有《萧洒桐庐郡》十诗，桐庐真萧洒也。"

周约梦兆

周约梦登科作尉，就舍，于堂牖间得女子只履，灶间得笔墨。后数岁中第，为延州一尉，既入廨舍，皆梦所见，求二物，皆得之于其处。

北都官妓歌欧词

文元贾公居守北都，欧阳永叔使北还，公预戒官妓办词以劝酒，妓唯唯，复使都厅召而喻之，妓亦唯唯。公怪叹，以为山野。既燕，妓奉觞歌以为寿，永叔把盏侧听，每为引满。公复怪之，召问，所歌皆其词也。

美 玉 不 琢

都市大贾赵氏，世居货宝，言玉带有刻文者皆有疵疾，以蔽映尔，美玉盖不琢也。比岁杭、扬两州化洛石为假带，质如瑾瑜，然可辨者，以有光也。

王 曾 祖 先

王沂公之先为农，与其徒入山林，以酒行，既饮，先后至失酒，顾草间有醉蛇，倒而抒之，得酒与血，怒而饮焉。昏闭倒卧，明日方醒，视背傍积蛊成堆，自是无蛊终身。

浙西积水浙东高燥

浙西地下积水，故春夏厌雨。谚曰："夏旱修仓，秋旱离乡。"浙东地高燥，过雨即干，故春得雨即耕，然常患少耳。

颍 谚

颍谚云："子过母，当暑而凉，水退而鱼潜：皆为大水之候。"颍人谓前水为母，后水为子，水日至日长，势不能大，水定而复来，后水大于前水，为子胜母。水终鱼当大出，河滨之人厌于食鲜，水退而鱼不出，为潜云。

田　　理

田理有横直，民间谓之立土、横土，立土不可稻，为其不停水也。

伯　戊　樽

许安世家有伯戊樽，如今羯鼓鞁也。

周 阳 家 金 钟

畔邑家令周阳家金钟，容十斗，重三十八斤，以今衡量校之，容水三斗四升，重十九斤尔。

吴　　谚

谚语曰："田怕秋旱，人畏老贫。"又曰："夏旱修仓，秋旱离乡。"岁自处暑至白露不雨，则稻虽秀而不实，吴地下湿不积，一凶则饥矣。

寒食面腊月雪为糊

赵元考云："寒食面、腊月雪水，为糊则不蠹。南唐煮糊用黄丹，王文献公家以皂荚末置书叶间，总不如雪水也。"

食　　蛙

霍山曰："丞相擅减宗庙羔菟蛙。"颜注："羔，菟、蛙，以供祭也。"《周官·蝈氏》郑康成注："蝈，今御所食蛙也。"《宋书》："张畅弟牧有犬伤，医云当食虾蟆，而牧难之，畅为先食。"前世北人食蛙，南人不食也。

建 业 文 房

建业文房,南唐烈祖节度金陵之别室也,赵元考家有《建业文房书目》,才千余卷,有"金陵图书院印"焉。前卷有"澄心堂"说云:赵元考家有《澄心书目》,才二千卷。与此说相似,但堂房不同耳。

欧阳五代史之误

欧阳《五代史·周家人传》柴后邢州龙冈人,《世宗纪》又为尧山人;拓跋思恭、思敬,兄弟也,而误作一人。

冯如晦为县令

司马公休云:"冯如晦为长源令,县人誉之不容口,问政亦不能道也。"

王回为卫真主簿

王深父为卫真主簿,始至亳州,其守李徽之留不遣,久之,求去,李问其故,曰:"回为卫真主簿,而未尝至治所与吏民相见,以谓不可,故求去耳。"李怒曰:"尔恃欧阳修而慢我!"深父曰:"回之所去,岂待欧阳公而立邪!"卒归卫真。李怒不解,深父遂免去。

王安石私居如在朝

参寥云:"王荆公私居如在朝廷。忽有老卒,生火扫地如法,誉之不容口;或触灯,即怒以为不胜任,逐去之。"

太 祖 军 法

士不衣帛，酒肉食肆不近营，太祖之军法也。

吕余庆知益州

蜀平，以参知政事吕余庆知益州，余用选人，以轻其权，而置武德司，刺守贪廉，至必为验。蜀山有九枝木，传以为异，卒火之。岁余，御札问焉，其赏至银千两，而敕州县捕武德卒即杀之，不以闻。吏贪则降杖集吏民杖之。蜀之富人，皆召至京师，量其材为三等，其上官之，次省员，下押纲。人安其居，不愿东，以疾归，后复遣，如是数四，不使家居也。

夏竦贪阻喜杀之报

夏英公既卒，其家客鄢陵，邻之讲僧有学解，客尝问之曰："英公贪阻喜杀，其报如何？"曰："以教言之，当为龙尔。"未以为然也。他日至京师，遇夏氏故吏，语及其主，曰："往梦遇公于涂，气貌枯悴，白衣故暗，问其所在，曰为庐山东潭龙尔。"客始惊。其后复至京师，过其故人于兴国寺，其邻有相语曰："庐山东潭龙已去矣。"客又大惊，往问之，曰："东潭隐密，人所不至，往岁木皆立槁，人始至其上，潭水清彻，有白龙在焉。夏日之中，水沸而龙死，夜则复生，冬结于冰。数岁，有僧十余，结庐其上，为之诵经。又数岁而龙去，草木复生。英公奉释，故当困厄，复能致僧为之作福。"

宣仁后不索文思殿物

文思殿奉帝者之私，凡物必具。宣仁后当国九年，不索一物。

太祖不诛降王

或劝太祖诛降王，久则变生，太祖笑曰："守千里之国，战十万之师，而为我禽，孤身远客，能为变乎?"

释从善画而人不可使

释从青人，主某寺之某院，陈讲居众，而静居不出，善画树石，而人不可使。好事者为修供，则量其多少而报之。吕汲公以御史为淄倅，过而请之，不与也。或问之，曰："后其所事而先其所好，此吾所以不与也。"

仁 宗 之 丧

仁宗在位四十年，边奏不入御阁。每大事，赐宴二府，合议以闻。仁宗崩，讣于契丹，所过聚哭。既讣，其主号恸执使者手曰："四十二年不识兵矣!"葬而来祭，以黄白罗为钱，他亦称是。仁宗崩，天下丧之如亲，余时为童，与同僚聚哭，不自知其哀也。仁宗既疾，京师小儿会阙下，然首臂以祈福，日数百人，有司不能禁。将葬，无老幼男女，哭哀以过丧。

宣仁后初临朝

宣仁后初临朝，西戎戒边吏曰："圣后相司马公，必用仁宗故事。自今后敢以一人一骑入界者族。"

契丹名相杜防

杜防，契丹名相也，谓和亲为便民，戒契丹世世相受，谨守其约。

又虞中国之败约也，凡十年一遣使，以事动中国而坚其约。

太祖不纳荆湖溪洞

国初，荆湖既平，溪洞皆纳土请吏，太祖不受，廷议独置辰州，岁费四万缗尔。

元祐执政议河

元祐执政，议河两说，文潞公、安枢密焘主故道，范丞相、王左丞存主新道，士大夫是故者见文、安，是新者见王、范，持两可者见四公也。

曹彬受李煜降

曹武惠王既下金陵，降后主，复遣还内。治行，潘公忧其死，不能生致也，止之。王曰："吾适受降，见其临渠犹顾左右，扶而后过，必不然也。且彼有烈心，自当君臣同尽，必不生降，既降，亦必不死也。"

常　赦

故事：常赦，官典藏入已不赦。熙宁以后，始赦吏罪。元祐七年南郊，赦杖罪。八年秋，皇太后服药而赦，则尽赦之矣。

卷四

英宗不罪醉饱失容

故事：郊而后赦，奉祠不敬不以赦论。治平中，郎中^{缺姓}易知素贪细，既食大官，醉饱失容，御史以不敬闻，韩魏公请论如律，英宗不欲也，魏公曰："今而不刑，后将废礼。"英宗曰："宁以他事坐之。士以饮食得罪，使何面目见士大夫乎！"

仁宗礼待燕王

仁宗初即位，燕恭肃王以亲尊自居，上时遣使传诏，王坐不拜。使还以闻，上曰："燕王朕叔父，毋妄言！"久而王闻之，稍自屈，奉藩臣礼。

仁宗厚养燕王

燕恭肃王轻施厚费，不计有无，常预借料钱，多至数岁，仁宗常诏有司复给，如是数矣。御史沈邈以谓"不可以国之常入而奉无厌之求，愿使谕意"，上曰："御史误矣！太宗之子八人，今惟王尔。先帝之弟，朕之叔父也，每恨不能尽天下以为养，数岁之禄，不足计也。"

曾巩论王安石

子曾子初见神宗，上问曰："卿与王安石布衣之旧，安石何如？"对曰："安石文学行义，不减扬雄，然吝，所以不及古人。"上曰："安石轻富贵，非吝也。"对曰："非此之谓。安石勇于有为，吝于改过。"上颔之。

为 学 为 道

明者无所不知,智者有所知、有所不知,众人所知者少、所不知者多、而强其所不知。智者谓其择而不为学而已,为道则不然,学得于外,思出于意,不足以得之。庄子曰:"缮性于俗,学以求复其初,滑欲于俗思,以求致其明,古者谓之蔽蒙之民。"虽然,学与思者,道之助也,士之为道,必始于学。此段疑有脱误。

王 安 石 请 道

道者吕翁如金陵,过王荆公,而公知之,伏拜请道,翁曰:"子障重,不可。"公又勤请,曰:"我能去障,则为子去之矣。"竟去。以语广陵王某,王曰:"先生何取焉?"曰:"吾爱其目尔。"王以语余曰:"如金陵者,翁之真身也,翁察之久矣,欲度故自往。"余语禅者普仁,仁曰:"障必自去,非人能去也。渠如此道而不解乎!"

吕 翁 像

世传吕先生像,张目奋须,捉腕而市墨者,乃庸人也。南唐后主使工访别本而图之,久而不得。他日,有人过之,自言得吕翁真本,约工图其像而后授之。工后以像过之,客舍市邸,方昼卧,叩关不发,问:"吾像如何?"且使张之,曰:"是也。"相语而觉稍远,已而声绝,发门索之,无见也。意客即吕翁也,乃以所画像献之,今有传焉,深静秀清,真神人也。

辠 罪

辠,《说文》:"从辛从自,言辠人蹙鼻苦辛之忧。秦以辠似皇字,改为罪。臣铉等曰：自古者以为鼻字，故从自。""罪，捕鱼竹网。从网非。"余谓使民自辛，欲其不犯，秦从网非，不失有罪也。皋，古文也，《说文》不当以篆写之。

服　骖　乘

驾以二马夹辕，谓之两服，服，供其事也。左右又各驾一焉，谓之两骖，骖，副也。总谓之乘，又云驷。骓亦骖也。《说文》云："骖驾三马。"非也。乘车四马，因以乘为四名，"乘矢"、"乘韦"是也。

瓠　子

瓠子在雷泽黄河故道，今呼为沙河，沙河西北，其迹犹在，土人谓之瓠冈也。

吴 越 身 丁 钱

吴越钱氏，人成丁，岁赋钱三百六十，谓之身钱，民有至老死而不冠者。

杜衍丁度交恶

杜正献公、丁文简公俱为河东宣抚，河阳节度判官任逊，恭惠公之子，上书言事，历诋执政，至恭惠，曰："至今臣父，亦出遭逢。"谓其非德选也。进奏院报至，正献戏文简曰："贤郎亦要牢笼。"文简深衔之。其后二公同在政府，人言苏子美进奏院祠神事，正献避嫌不与，文简论以深文，子美坐废为民，从坐者数十人，皆名士大夫也，正献亦罢去。一言之谑，贻祸一时，故不可不慎也。

驾崩外官举哀之制

元祐八年九月六日,奉太皇太后遗诏,实以三日崩。知州事龙图阁待制韩川,公服金带,肩舆而出,以听遗诏。既成服,又欲改服以治事,寮佐谏之而止。余为儿时,闻徐父老说庄献上仙,李文定公为守,两吏持箱奉遗诰,公步从以哭,自便坐至门外。嘉祐末,先人为冀州度支使,知州事、皇城副使王易经用乾兴故事,遗诏既至,王召见先人,便服持遗制,哭以示先人,遂下发衫帽,勒帛以听宣制,是日成服。元丰末,余客南都,留守龙图王学士益柔,择日而成服。士大夫家居者皆会哭于府庭,张文定公方平致仕于家,举哀于近寺。宦者李尧辅言:"上散发解带,袜而不履。"

汞 不 胜 玉

汞浮百物,而不能胜玉,可以试玉也。

刘几与花日新游

秘书监刘几好音,与国工花日新游,是时监贵幸,其弟卫卿谏,不用,乃戒门下勿通。监约鸣管以自通,卿又使他工横吹于门以误之。凡数奏而不出。卿又告之,监曰:"非也。"语次而工至,横管一鸣,监笑曰:"此是也。"乃走出。

张旭颜真卿出师成家

世传张长史学吴画不成而为草,颜鲁公学张草不成而为正。世岂知其然哉!盖英才杰气,不减其师,各自成家,以名于世。使张为画,吴既不可越,功与之齐,必出其下,亦争名之弊也。

青杨生从释从学画

青杨生好画，而患其不能别也，释从有画名，而从之学。有以画来，必召杨而教之：此其所以为能，此其所以为不能也。杨有得焉，而谓杨曰："尽子所知，才得其半，何则？以子之不能画也。"

张咏闻丁谓逐寇准而自污

乖崖在陈，一日方食，进奏报至，且食且读，既而抵案恸哭久之，哭止，复弹指久之，弹止，骂詈久之，乃丁晋公逐莱公也。乖崖知祸必及己，乃延三大户于便坐，与之博，袖间出彩骰子，胜其一坐，乃买田宅为归计以自污。晋公闻之，亦不害也。余谓此智者为之，贤者不为也。贤者有义而已，宁避祸哉！祸岂可避耶？

丁谓计阻张咏

乖崖自成都召为参知政事，既至而脑疽大作，不可巾帻。乖崖自陈求补外，真宗使软裹赴朝，乖崖曰："岂可以臣一人而坏朝廷法制耶！"乃知杭，而疾愈，上闻之，使中人往伺之，言且将召也。丁晋公以白金千两贻使者，还言如故，乃不召。

庞 籍 服 元 昊

外大父庄敏公为鄜延招讨使，元昊效顺，公召李诚之问其信否，诚之曰："元昊数欺中国，故疑之，今则可信也。元昊向得岁赐而不用，积年而后叛，今用兵数岁，虽战屡胜，而所攻不克，田里所掠，不办一日之费，向来之积费已尽矣，故罢兵尔。然公毋以为功，归之朝廷，则兵可罢，窃计诸公不以此与人也。"公未以为然。既而果遣两人，以他事使虏，过延，问："朝廷议罢兵云何？"皆曰"不知"。及还，与虏使王延寿来,公召会两人,问延寿来意,又曰:"不知。"公曰:"延寿黠虏,与君来而君且不知耶?"召裨将曰:"问延寿何来,吾为将而不与知邪?亟书所奏事来,不然且遣还!"两人大惧,乃以情告,愿还使者。公曰:"军令不可反,君自止之,而书其事来!"两人具以事闻。公自是异李焉。元昊既效顺而不肯臣,请称东朝皇帝为父,国号"吾祖",年用私号,求割三州十六县地,朝议弥年不决。既而报书,年用甲子,国号易其一字。虏使过延,公坐堂上,召虏使立前而谓曰:"尔主欲战则战,今不战而降,则朝廷所赐藩臣诏与颁朔封国,皆有常制,不必论。自古夷狄盗中国之地则闻之,未闻割地与夷狄也。三州十六县,岂可得邪!"使曰:"清远故属虏,且坟墓所在,故欲得尔。"公曰:"中国所失州县,今未十年,若论坟墓所在,则中国多矣。"使语塞。公曰:"尔主既受封,岁禄多少,此则可议,余不足论。"虏使畏服。

英宗即位韩琦服诸王

英宗即位,韩忠献公使谕宗室诸王曰:"皇帝已即位,大王宜思保富贵,毋行所悔。"诸王皇恐,诣次求见,公谢却之。某王还次及阶,足废不举,扶而后升。

刘攽讥王安石说字始

王荆公为相,喜说字始,遂以成俗。刘贡父戏之曰:"三鹿为麤,麤不及牛;三牛为犇,犇不及鹿。谓宜三牛为麤,三鹿为犇,苟难于遽改,令各权发遣。"于时解纵绳墨,不次用人,往往自小官暴据要地,以资浅,皆号"权发遣"云,故并讥之。

张詠论寇准

张忠定守蜀,闻莱公大拜,曰:"寇准真宰相也。"又曰:"苍生无福。"幕下怪问之,曰:"人千言而尽,准一言而尽,然仕太早,用太速,未及学尔。"张,寇布衣交也,莱公兄事之,忠定常面折不少恕,虽贵不改也。莱公在岐,忠定任蜀还,不留,既别,顾莱公曰:"曾读《霍光传》否?"曰:"未也。"更无他语。盖以不学为戒也。

寇准无后房嬖幸

莱公性资豪侈,自布衣夜常设烛,厕间烛泪成堆,及贵而后房无嬖幸也。

晁端彦为王某忏罪

王某公麃,秘书晁少监端彦,以外姻为忏罪,而戒僧"和我",乃大唱曰:"妒贤嫉能罪消灭。"闻者莫不笑也。

代北天池屋记

潘美为并帅,代之北鄙,山有天池焉,岁遣通判祭之,其后惮远而罢。久之,契丹遣祭焉,又易其屋记。至熙宁中,始有其地,凡数岁,两使往来,卒不能辨而与之。

张方平论宋辽战史

故事:岁赐契丹金缯服器,召二府观焉。熙宁中,张文定公以宣徽使与召,众谓:"天子修贡为辱,而陛下神武,可一战胜也。"公独曰:"陛下谓宋与契丹凡几战? 胜负几何?"两府八公皆莫知也。神宗以问公,公曰:"宋与契丹大小八十一战,惟张齐贤太原之战才一胜尔,陛下视和与战孰便?"上善之。

司马光二吕岁断死罪数

元祐初，司马温公辅政，是岁天下断死罪凡十人。其后二吕继之，岁常数倍。此岂人力所能胜邪？

张夏堤钱塘江

钱塘边江土恶，不能堤，钱氏以薪为之，水至辄溃，随补其处，日取于民，家出束薪，民以为苦。张夏为转运使，取石西山以为岸，募捍江军以供其役，于是州无水患，而民无横赋。

范仲淹擅答元昊书

范文正公帅鄜、延，答元昊书不请。宋元宪请斩，云：“度必擅以土地金帛许之。”晏元献、郑文肃请验其书，仲淹素直，必不隐。书既上，乃免。

太祖受位不改旧官

太祖既受位，使告诸道，东诸侯坐使者而问：“故宰相其谁乎？枢密使副其谁乎？军职其谁乎？从官其谁乎？”皆不改旧，乃下拜。

何　承　矩　一

真宗至陈桥，驻跸不前行，遣知院陈尧叟先至澶，问知州何承矩：“当驻江陵，当驻澶渊耶？”尧叟夜至城下，不得入。既明，承矩遣通判率郡官迎驾。久之，承矩亦出见尧叟。尧叟传宣，承矩曰：“某守藩将尔，安知可否，此宗工大儒素所留心者。”顾吏取自书札子，曰：“臣带郡符,率属吏,躬诣界首,奉迎圣驾,将面天颜,臣不任踊跃欢呼之至。"实封以付尧叟。尧叟复问,对如前。尧叟既去,真宗遣中使问尧叟"承矩云何",道路相踵,既至发封,乃知当去。而尧叟兄弟皆大怒。承矩卒,诸子不敢仕。

何　承　矩　二

承矩于雄州北筑爱景台,植蓼花,日至其处,吟诗数十首刻石,人以谓"何六宅爱蓼花",不知经始塘泊也。

契 丹 困 中 国 法

自五代来,契丹岁压境,及中国征发即引去,遣问之,曰:"自挍猎尔。"以是困中国。

税 子 步 刹 石

予为汝阴学官,学者多言万寿之西、颍水之上有林号"税子步",步之西有异木,人莫能名,相传数百岁,荣落不时,旧有碑云:"粉黛涂容,金碧之树。"余过之,往观焉,木身才十数年尔。是时岁暮,群木皆落,从者以谓枯也。木下有刹石,石有像文,有铭云:"曹公有悟,怖心未已。敬造浮图,式崇妙理。文词阐相,粉黛涂容。金刹一树,永出烦笼。开元十六年,岁在执徐首旬五日建。"地故佛氏道场,石乃刹下铭也。"粉黛涂容",谓建像也,"金刹一树",谓建刹也。读者寡陋,传者喜为缘饰,苟无此石,亦足惑世也。

壶 公 观 大 木

蔡州壶公观有大木,世亦莫能名也,高数十尺,其枝垂入地,有枝复出为木,枝复下垂,如是三四,重围环列,如子孙然。世传汉费长房遇仙者处，木即县壶者。沈丘令张羧，闽人，尝至蔡，为余言："乃榕木也，岭外多有之，其四垂旁出，无足怪者。柳子厚《柳州》诗云'榕叶满庭莺乱飞'者是也。"

寇准慰国哀贺登极书

余读《魏氏杂编》，见真宗时公卿大夫慰国哀登极往还书，盖大臣同忧戚，宜有庆吊。往在南都，奉神宗讳，见苏尚书作路发运帖，莫知当慰与否也，相与商论，竟复中辍。乃知前辈礼法犹在，而近世士大夫之寡闻也，因录之。寇侍郎慰书曰："伏以大行皇帝，奄弃万邦，天下臣子，毕同号慕。昔同华缀，俱受异恩。攀灵驭以无由，望天颜而永诀。方缠悲绪，遽捧台函。摧咽之诚，倍万常品。"贺书曰："伏以圣人出震，大明初耀于四方；王泽如春，普庆载颁于九有。凡在照临之下，毕同欢抃之心。侍郎久滞外藩，已成美政。廊庙仁征于旧德，云雷始洽于新恩。未果驰诚，先蒙飞翰。感铭欣慰，无以喻名。"

夏竦家中风方

夏英公家中风方，父子屡中辄愈。

鳡　　鱼

鳡鱼，大鱼白也，今谓之鲄子。

王　逵　逐　妾

王学士逵妻某氏，妾常辱之，诉于逵，不受，亦不校也。或问之，曰："彼将去矣，不必校也。"已而逵怒，逐之，某尽归其装，一家皆谏止之，曰："此自彼有，吾何与焉？然亦非彼所有也。"妾遇盗，尽亡其资。

尝语家人："今夕甘露下,使以器取之。"又谓逶曰:"新妇妾某日当死,以后事属公。"皆然。

仁宗四时衣夹不御炉扇

仁宗四时衣夹,冬不御炉,夏不御扇。

太祖待故人

太祖为太原镇将,舍县人李媪家,媪事之谨。他日访其家,媪则死矣,得其子,以为御厨使,久之不迁,求去。太祖曰:"以尔才地,御厨使其可得邪?爵禄以待贤能,而私故人,使我愧见士大夫,而尔意犹不满邪?"

太祖以蜀宫画图赐茶肆

太祖阅蜀宫画图,问其所用,曰:"以奉人主尔。"太祖曰:"独览孰若使众观邪!"于是以赐东华门外茶肆。

太祖不以法吏为狱官

太祖不以法吏为狱官,畏其迁情而就法也。

慈寿宫赐王安石嫁女珠褥

王荆公嫁女蔡氏,慈寿宫赐珠褥,直数十万。

太祖不受秦玺

前世陋儒,谓秦玺所在为正统,故契丹自谓得传国玺,欲以归太祖,太祖不受,曰:"吾无秦玺,不害为国。且亡国之余,又何足贵乎!"
契丹畏服。

仁宗赐飞白书

嘉祐之末,宴二府、两制、三馆于群玉殿,御书飞白以遍赐之。蔡
襄、王珪同为学士,襄有书名,而仁宗使珪题所赐,两人各自得也。

吕端立真宗一

太宗不豫,吕正惠公宿西省,内侍都知王某夜叩省门,以丧讣告,
且问所立。于时长子楚王以疾废,真宗次为太子,诸子王者五人。公
曰:"此何语?内侍欲斩邪?预立太子,正为此尔,且吾奉手诏,可取
视也。"王既入,公遂阖户锁之而去。真宗既立,还而出之。

吕端立真宗二

太宗数私谓正惠公日与太子问起居,既崩,奉太子至福宁庭中,
而先登御榻,解衣视之而降,揖太子以登,遂即位。

张詠命崇阳民拔茶种桑

张忠定公令崇阳,民以茶为业,公曰:"茶利厚,官将取之,不若早
自异也。"命拔茶而植桑,民以为苦。其后榷茶,他县皆失业,而崇阳
之桑皆已成,其为绢而北者岁百万匹,其富至今。始,令下,惟通乐一
乡不变,其后别自为县,民亦贫至今也。

韩琦荐欧阳修

韩魏公屡荐欧阳公,而仁宗不用。他日复荐之曰:"韩愈,唐之名

士,天下望以为相,而竟不用。使愈为之,未必有补于唐,而谈者至今以为谤。欧阳修,今之韩愈也,而陛下不用,臣恐后人如唐,谤必及国,不特臣辈而已,陛下何惜不一试之以晓天下后世也?"上从之。

改置社稷息盗

叶表为句容令,县有盗,改置社稷而盗止。下邳故多盗,近岁迁社稷于南山之上,盗亦衰息。

幞　头

司马温公云:仁宗崩,有司用乾兴故事,群臣布四脚加冠,于是时莫识其制,以幅巾幂首,破其后为四脚。其后郑毅夫读《续事始》云:"三代黔首,以皂绢裹发,周武帝裁为四脚,名以幞头,马周请重系前脚。盖布四脚脚皆后垂如周制,遇暑则系其前脚如唐制。"英宗崩,宋次道误为布幞头,有司遂用民间幂丧之服,以今漆纱幞头去其铁脚而布裹之,前系后垂而不可加冠,坏之而冠。幞头之失,自次道始也。余谓四脚皆冠,今士大夫丧冠是也,大布之冠古也,四脚今也,于礼为繁矣。

萧贾窦氏兄弟

萧贾窦氏兄弟同利,伯治要,仲治繁,季为士,逸饮无度,伯薄之,给与有限,仲数私为偿其费,季德之,相亲睦。伯既卒,仲之子复为士,游学京师,季始疑之:"彼能欺其兄而私我也,恶知其不欺我而私其子!"数以诋仲,仲实不私也,而无以自明,季终疑之,相与如仇。嗟乎! 不嗔其始,卒以相诋。

哉　才

《尔雅》:"哉,始也。"注云:"《尚书》曰:'三月哉生魄。'"《释文》

云：“亦作裁。”疏云：“古文作才，以声近借为哉始之哉也。”余按《说文》：“才，草木之初生也。”“哉，言之间也。”当作才，非借也。又按《集韵》云：“缯一入色曰纔。”借作才，非是。

立 化 雀

无为军巢县柘皋镇永宁院，有雀栖于庭松，累日不去，遣取视之，已立化矣。盛夏极暑，经涉月余，形质不坏，轩喙鼓翼，有腾骞之状。

阿 井

阿井在阳谷县故东阿城中，惟二井甘水也，相传秤之比他水重尔。

广济衙门石榴木

广济衙门之上有石榴木，相传久矣。元丰末枯死，既而军废为县；元祐初复生，而军复。

教 坊 乐

教坊之乐以不齐，凡乐作不偕作，止不偕止，以先后次第而起止，故婉而长，然亦未始不齐也。余于此得为政之法焉。

蜀 中 小 车

蜀中有小车，独推，载八石，前如牛头；又有大车，用四人推，载十石。盖木牛流马也。

中　秋　月

中秋阴暗，天下如一，中秋无月，则兔不孕，蚌不胎，荞麦不实。兔望月而孕，蚌望月而胎，荞麦得月而秀。世兔皆雌，惟月兔雄尔，故望月而孕。

火　米

蜀稻先蒸而后炒，谓之"火米"，可以久积，以地润故也。蒸用大木空中为甑，盛数石，炒用石板为釜，凡数十石。

物　能　出　火

油、绢、纸、石灰、麦糠、马矢粪草皆能出火。

坐　化　猫　等

庐州有坐化猫，峡中有坐化胡孙，李公择家有坐化蛇，唐有鹦鹉舍利。

阳谷不诉灾伤

郓州阳谷，自国初已来，不诉灾伤。

八　阵　图

汉州德阳及峡中定军山皆有八阵图，定军山下土堆也。

李昊范仁恕劝蜀主不拒而降

王师初伐蜀，李昊、范仁恕劝后主不拒而降，不听。雍则仁恕之后也。

大　　陆

某官杜子民言："大陆，今黎阳是也；自此而西北降水，疑安阳河是也。"大陆，邢州巨鹿泊也，过此为九河。父老言，九河者正流分为支流，同为逆河者，为潮水所逆，行十余里，边海又有潮河，自西山来，经塘泊。

李昉相太祖

李相昉在周朝知开封府，人望已归太祖，而昉独不附。王师入京，昉又独不朝，贬道州司马。昉步行日十数里，监者中人问其故，曰："须后命尔。"上闻之，诏乘马，乃买驴而去。三岁，徙延州别驾。在延州为生业以老，三岁当徙，昉不愿内徙。后二年，宰相荐其可大用，召判兵部。昉五辞，行至长安，移疾六十日，中使促之行，至洛阳，又移疾三十日而后行。既至，上劳之，昉曰："臣前日知事周而已，今以事周之心事陛下。"上大喜，曰："宰相不谬荐人。"

笱

《诗》云："惟寡妇之笱。"寡妇乃用笱尔，古之渔笱，亦有制也。

陈恕领春官得人

陈恕领春官，以王文正为举首，岁中，拔刘子仪于常选，自云："吾得二俊,名世才也。"是不愧于知人。杨文公以为然,谓王扬休山立,宗庙器也。

嘉州紫竹等

嘉州旧产紫竹、楠、榴、樱木等,仕于蜀者,竞采之以为器,人甚苦之,吴中复作《嘉阳四咏》诗以悼之。

连氏纵罪卒之善报

章氏之先起家为将,为王氏守北边,号太傅,其妻连氏,封郡君。太傅尝因事欲斩两卒,郡君苦救之不得,乃阴纵之。两卒奔江南,皆为将。闽之乱也,李氏使两卒将而攻之,太傅已卒,其子守之,两卒使人谕郡君言"城旦暮当破,郡君无忧也"。郡君报曰:"尔全我一家何济? 不若完此一城。"两将许之,谕使降,卒完一城。此其所以有后也。

刘攽苏轼互谑

世以癞疾鼻陷为死证,刘贡父晚有此疾,又尝坐和苏子瞻诗罚金。元祐中,同为从官,贡父曰:"前于曹州,有盗夜入人家,室无物,但有书数卷尔。盗忌空还,取一卷而去,乃举子所著五七言也。就库家质之,主人喜事,好其诗不舍手。明日盗败,吏取其书,主人赂吏而私录之,吏督之急,且问其故,曰:'吾爱其语,将和之也。'吏曰:'贼诗不中和他。'"子瞻亦曰:"少壮读书,颇知故事。孔子尝出,颜、仲二子行而过市,而卒遇其师,子路趫捷,跃而升木,颜渊懦缓,顾无所之,就市中刑人所经幢避之,所谓'石幢子'者。既去,市人以贤者所至,不可复以故名,遂共谓'避孔塔'。"坐者绝倒。

榆 条 准 此

鲁直为礼部试官,或以柳枝来,有法官曰:"漏泄春光有柳条。"鲁直曰:"榆条准此。"盖律语有"余条准此"也。一坐大哄,而文吏共深恨之。

闽 地 难 治

闽中诸县,多至十万户,坚忍喜讼,号难治,邵武其尤者。自国初迄今,有四令:张邓公、杜宗会,其二人则忘之矣。宗会澶人。

太祖不缮都城

赵普请缮都城,太祖不可,曰:"使寇至此,其谁驻足乎?"

太祖不杀孟昶

王师既平蜀,诏昶赴阙,曹武肃王密奏曰:"孟昶王蜀三十年,而蜀道千余里,请族孟氏而赦其臣,以防变。"太祖批其后曰:"你好雀儿肠肚。"

从江南乞来米

蜀平,二曹、潘美自蜀还,既对,太祖为内燕,惟三将与秦、晋两王尔。既入,乃福宁殿,席地而坐,陈黍肉白熟,情意款狎,酒终设饭。三将皆曰:"朝廷事力寡薄,致陛下燕设不丰。"上曰:"岂止寡薄,此饭乃乞来。"三将莫测,曰:"近从江南乞此米也。"

五星二十八宿图

秘阁画有梁文瓒《五星二十八宿图》，李公麟谓不减吴生妇女，疑蜀手也。

黄鹤口噤荞麦斗金

谚曰："黄鹤口噤，荞麦斗金。"夏中候黄鹤不鸣，则荞麦可广种也；八月一日雨，则角田不熟。角田，豆也。角者，荚之讹也。

卷六

李翁进五台山

婺州李翁与乡人如五台山,众少皆骑,翁老且躄,独徒行。既至,众所见瑞相如常,翁与山东老人所见宝阁千叠,山东老人持菩萨戒四十年矣。

论　志

释氏之愿,儒者所谓志也。志则欲远大,远大则所成就者不小矣;若其所志近,则其所成就何足道哉! 如志在万里,则行不千里而已也。

服茯苓法

近年华山毛女峰,有隶字曰"茯苓",下云:"诸山皆假,惟此者真。一旦一丸,三斗三斤。"疑为服茯苓法也。今山下人用三斗水煮药三斤,水尽为度,蜜和而蒸,服而不丸。道者赵翁云:"盖茯苓不蒸煮,不能去阴气也。"余谓不煮不能去皮梗也。

取材于国

古者诸侯,取材于国,不取于诸侯,岂特国,民亦然也。"维桑与梓","树之榛栗,椅桐梓漆",梓漆以为棺,榛栗以为赞,椅桐以为器。

兽 医 两 种

马、骡、驴阳类，起则先前，治用阳药；羊、牛、驼阴类，起则先后，治用阴药。故兽医有二种。

三 税 法 之 坏

三税法，皇祐初为李谘所坏，及韩魏公用茶小引，益坏。京师市井，自三税法改后，日渐萧条。酒肆自包孝肃知府日重定曲钱坏。

三司故吏高成端明习吏事

三司故吏高成端，襄邑人，明习吏事，自五代以来三司条贯，无不有也。嘉祐中尝言事，不用。

契丹使奉书仁宗枢前

契丹使至德清军，会仁宗崩，议欲却之。又欲使至国门而去。邵安简欲使奉国书置枢前见天子，以安远人。

张贵妃受册贺仪

张贵妃受册，诏问册毕受贺仪，其为修媛，已自尊大，邵必以三公事仪比命妇一品上之。

张詠粜米盐以惠民

张詠守蜀，仲春官粜米，仲夏粜盐以惠民。

丁谓稽括税额

乾德四年,诏诸道受纳税赋,不得称分毫合勺铢厘丝忽。景德四年,三司使丁谓复行稽括,比咸平六年税额增三百四十六万五千二百二十九贯石斤匹。

为相五年以上者

王旦为相十一年,王珪十年,赵普、沈伦、韩琦、曾公亮九年,薛居正、向敏中八年,王曾、章得象七年,卢多逊、李沆、富弼六年,李昉五年。

三入为相者

赵普、吕蒙正、张士逊、吕夷简皆三入。

绵絮堵穴

颜长道曰:“某年河水围濮州,城窦失戒,夜发声如雷,须臾巷水没骭。士有献衣袽之法,其要取绵絮贴缚作卷,大小不一,使善泅卒役城中扪漏穴,用随水势畜入孔道即弭,众工随兴,城堞无虞。”

瑶蜑黎人

二广居山谷间不隶州县,谓之瑶人,舟居谓之蜑人,岛上谓之黎人。

仁宗用兵无敌

仁宗用兵无敌,虽不服而心服,使人数世服,非无敌而何?

大蛇拜伏仰山长老

仰山元老既北归青州，山间有唐福院之故处，深密岩险，久无人迹，元与其徒往焉，舍于石室，夜则小参。一夕，闻疾风甚雨声，出视，星月粲然。久之，有大蛇行来，蟠于室前，仰首以听，既罢，伸其下体如拜伏状而后去，从者震恐，元自如也。自是每夕必至。

太祖召管军官观书

太祖尝幸秘书省，召管军官使观书焉。

太祖置竹木务事材场

太祖置竹木务于汴上，市竹木于秦晋，由河入汴，有卒千五百人。出材于汴，纳材于场，置事材场于务之侧，有二三千人。凡兴造者受成材焉。其法曰："有敢请生材者徒二年。"今启圣院乃其材也，今百年矣，梁栱之际，尚不容发。自置八作司以具杂物，而领以三司修造矣。

熟 处 难 忘

岩头、雪峰、钦山同行，至湖外，诣村舍求水，舍中独一女子，见山爱之，为具熟水，而山盏中有同心结，山谕意而藏之，遂称疾而留。岩、峰既行，复还访之，则已与女纳昏，是夕成礼。乃诱出之，投之棘丛，展转钩挂，而不能自出，忽大呼曰："我悟矣！"遂弃去。既出世，每升座即曰："锦帐绣香囊，风吹满路香，大众还知落处么？"众莫能对。久之，传至岩头，岩教之曰："汝往，但道'传语十八子，好好事潘郎'。"僧既对，山曰："此是岩头道底。"僧又无语，余为代曰："熟处难忘。"

崇胜院主前身

徐之南山崇胜院主崇璟,故王姓也,熙宁中修殿大像,腹中得画像,男女相向,衣冠皆唐人也,而题曰"施主王崇璟",岂其前身也耶?

张生自称真人梦遭杖

北里张生,家世奉道,自谓当为左玄真人,遂以为称。为《朝元图》,绘其像于位。后梦为城隍神所逮,诘而杖之,既觉,臀流血如当杖云。

古　　镜

古镜县而旋,入之四平,叩之玉声。

押　　砖

钱氏甓城,前后相押凡四重,号押砖,故久而不坏。司业黄君守徐新彭祖楼,砌用再重,使草不生。

吕翁不受钟离乾汞为白金法

道者吕翁某,初遇钟离先生权,授以乾汞为白金法,翁曰:"后复变否?"曰:"五百岁后药力尽,则复故。"曰:"五百岁后当复误人!"谢不受。先生惊叹,谓有受道之质,遂授出世法。

抚 州 杖 鼓 鞋

苏公自黄移汝,过金陵见王荆公,公曰:"好个翰林学士,某久以此奉待。"公曰："抚州出杖鼓鞔,淮南豪子以厚价购之,而抚人有之保之已数世矣,不远千里,登门求售。豪子击之,曰:'无声!'遂不售。抚人恨怒,至河上,投之水中,吞吐有声,熟视而叹曰:'你早作声,我不至此!'"

圆 通 嗣 远 录

圆通行脚至浮山,远录公深爱之,欲收为嗣,通遂去,复以偈留之,欲共评量古今公案,通答曰:"究竟还他。"

寇定不孝悌之报

邑子寇定,疽发于脑,每呼其母,自叙平生不孝与悌,则痛可忍,若有使之者,又召其弟,教以"毋效我也"。

东坡居士种松法

中州松子,虽秕小不可食,然可种,惟不可近手,以杖击蓬,使子堕地,用探锥刺地,深五寸许,以帚扫入之,无不生者。东坡居士种松法。

晁无咎移树法

晁无咎移树法,其大根不可断,虽旁出远引,亦当尽取,如其横出,远近掘地而埋之,切须带土,虽大木亦可活也,大木仍去其枝。

丁谓窜逐李寇二公

丁谓当国,窜逐李、寇二公,欲杀不可。既南贬而文定复相。相传忠愍为阎罗王,世谓"死活不得"。

太 阳 和 尚 嗣

洞下太阳和尚，久而无嗣，晚得远公，欲得为嗣，远曰："弟子自有师承，恐误和尚。"太阳出泪，远曰："请受授鞋，他日为和尚接法嗣。"远既住浮山，爱青老明惠，接以洞教，后遂嗣太阳云。

刁 半 夜

刁学士约喜交结，请谒常至夜半，号"刁半夜"。杜祁公为相，苏学士舜钦，其婿也，岁暮，以故事奏用卖故纸钱祠神以会宾客，皆一时知名士也。王宣徽拱辰丞御史，吕申公之党也，欲举其事以动丞相，曰："可一举网而尽也。"有曰："刁亦与召，知其谋而不以告。"诘朝，送客城东，于是苏坐自盗除名，客皆逐，丞相亦去，而刁独逸。其后坐客皆至从官，而刁独终于馆职。

吕 夷 简 语

吕申公曰："惟人主之眷不可恃。"

温 公 老 圃

参寥如洛，游独乐园，有地高亢，不因枯梓生芝二十余本。寥谓老圃："盍润泽之使长茂？"圃曰："天生灵物，不假人力。"寥叹曰："真温公之役也。"

书 方 丈 字 法

仁宗时，契丹献八尺字图，而侍书待诏皆未能也，诏求善大书者。有僧请为方丈字，以沙布地为国字，张图于上，束毡为笔，渍墨倚肩，循沙而行，成脱裂裟，投墨瓮中，掷以为点。遂赐紫衣。

赃吏死为驴

里人某，赃吏也，既死，请僧对灵追福，夜中，有驴伸首出于帷，久之而没。

酒色僧

西都崇德寺僧善端，酒色自恣，既病，度必死，念地狱果有无耶？若有，不亦危乎，乃然香祝之曰："地狱若无，烟当上，有则当下。"既然，烟下而地裂受之，端大惊失色而逝。

仁宗戒臣下勿为侈靡

仁宗每私宴，十阁分献熟食。是岁秋初，蛤蜊初至都，或以为献，仁宗问曰："安得已有此邪！其价几何？"曰："每枚千钱，一献凡二十八枚。"上不乐，曰："我常戒尔辈勿为侈靡，今一下箸费二十八千，吾不堪也。"遂不食。

吕进士不辞盲妻善报

华阴吕君举进士，聘里中女，未行，既中第，妇家言曰："吾女故无疾，既聘而后盲，敢辞。"吕君曰："既聘而后盲，君不为欺，又何辞！"遂娶之。生五男子，皆中进士第，其一人丞相汲公是也。

武官苗绥

苗绥，武人，常谓："平生无大过，惟于熙河多得官为恨。"盖边徼例以虚功而受厚赏尔。又谓："议者重燕而轻夏，燕人衣服饮食，以中国为法；夏人不慕中国，习俗自如，不可轻也。"又言："为泾原总管，尝夜雪临边，顾有马迹，使逐得之，乃夏之逻人当四更者。夏人逐更而巡，中国之备不及也。以渠自巡其境，乃舍之。"

张詠答惰农

乖崖为令，尝坐城门下，见里人有负菜而归者，问何从得之，曰："买之市。"公怒曰："汝居田里，不自种而食，何惰邪！"笞而遣之。

太学生为苏轼饭僧

眉山公卒，太学生侯泰、武学生杨选素不识公，率众举哀，从者二百余人，欲饭僧于法云，主者惟白下听，慧林佛陀禅师闻而招致之。

李南式善待参寥

参寥徙兖，布衣李南式，家甚贫，供蔬菽洗补，恩意甚笃。他日为曾子开言之，子开曰："吾辈当为公报之，使知为善之效。"

刘攽为苏轼说新评

苏长公以诗得罪，刘攽贡父以继和罚金，既而坐事贬官湖外，过黄而见苏，寒温外问有新评否，贡父曰："有二屠父，至其子而易业为儒、贾，二父每相见，必以为患。甲曰：'贤郎何为？'曰：'检典与解尔。'乙复问，曰：'与举子唱和诗尔。'他日，乙曰：'儿子竟不免解著贼赃，县已逮捕矣。'甲曰：'儿子其何免邪？'乙曰：'贤郎何虞？'曰：'若和著贼诗，亦不稳便。'"公应之曰："贤尊得似忧里。"

历代笔记小说大观总目

汉魏六朝

西京杂记(外五种)　[汉]刘歆 等撰　王根林 校点

博物志(外七种)　[晋]张华 等撰　王根林 等校点

拾遗记(外三种)　[前秦]王嘉 等撰　王根林 等校点

搜神记·搜神后记　[晋]干宝 陶潜 撰　曹光甫 王根林 校点

世说新语　[南朝宋]刘义庆 撰　[梁]刘孝标注　王根林 标点

唐五代

朝野佥载·云溪友议　[唐]张鷟 范摅 撰　恒鹤 阳羡生 校点

教坊记(外七种)　[唐]崔令钦 等撰　曹中孚 等校点

大唐新语(外五种)　[唐]刘肃 等撰　恒鹤 等校点

玄怪录·续玄怪录　[唐]牛僧孺 李复言 撰　田松青 校点

次柳氏旧闻(外七种)　[唐]李德裕 等撰　丁如明 等校点

酉阳杂俎　[唐]段成式 撰　曹中孚 校点

宣室志·裴铏传奇　[唐]张读 裴铏 撰　萧逸 田松青 校点

唐摭言　[五代]王定保 撰　阳羡生 校点

开元天宝遗事(外七种)　[五代]王仁裕 等撰　丁如明 等校点

北梦琐言　[五代]孙光宪 撰　林艾园 校点

宋元

清异录·江淮异人录　[宋]陶穀 吴淑 撰　孔一 校点

稽神录·睽车志　[宋]徐铉 郭彖 撰　傅成 李梦生 校点

困学纪闻 ［宋］王应麟 撰 栾保群 田松青 校点

齐东野语 ［宋］周密 撰 黄益元 校点

癸辛杂识 ［宋］周密 撰 王根林 校点

归潜志·乐郊私语 ［金］刘祁 ［元］姚桐寿 撰 黄益元 李梦生
　　校点

山居新语·至正直记 ［元］杨瑀 孔齐 撰 李梦生 庄葳 郭群一
　　校点

南村辍耕录 ［元］陶宗仪 撰 李梦生 校点

明代

草木子(外三种) ［明］叶子奇 等撰 吴东昆 等校点

双槐岁钞 ［明］黄瑜 撰 王岚 校点

菽园杂记 ［明］陆容 撰 李健莉 校点

庚巳编·今言类编 ［明］陆粲 郑晓 撰 马镛 杨晓波 校点

四友斋丛说 ［明］何良俊 撰 李剑雄 校点

客座赘语 ［明］顾起元 撰 孔一 校点

五杂组 ［明］谢肇淛 撰 傅成 校点

万历野获编 ［明］沈德符 撰 杨万里 校点

涌幢小品 ［明］朱国祯 撰 王根林 校点

清代

筠廊偶笔 二笔·在园杂志 ［清］宋荦 刘廷玑 撰 蒋文仙 吴法源
　　校点

虞初新志 ［清］张潮 辑 王根林 校点

坚瓠集 ［清］褚人获 辑撰 李梦生 校点

柳南随笔 续笔 ［清］王应奎 撰 以柔 校点

子不语 ［清］袁枚 撰 申孟 甘林 校点

阅微草堂笔记 ［清］纪昀 撰 汪贤度 校点

茶余客话 ［清］阮葵生 撰 李保民 校点